Chiikawa

Süßer kleiner Fratz

1

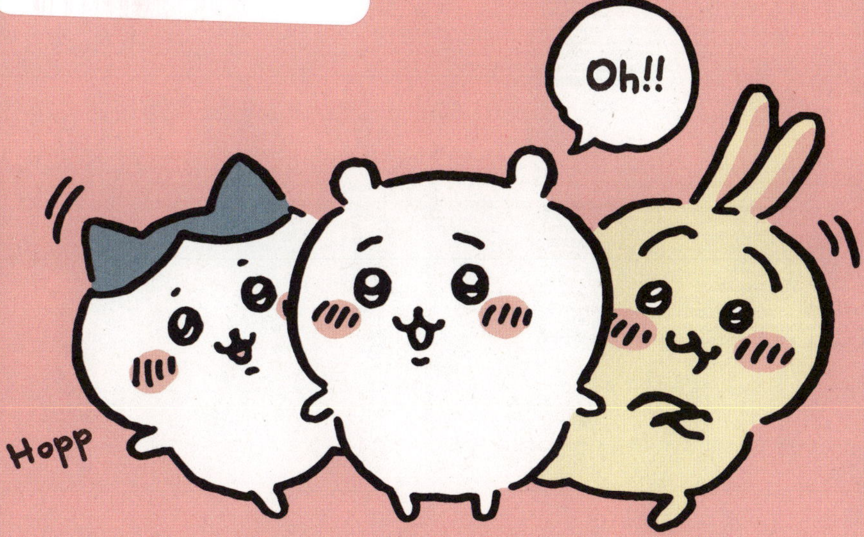

NAGANO

Inhalt

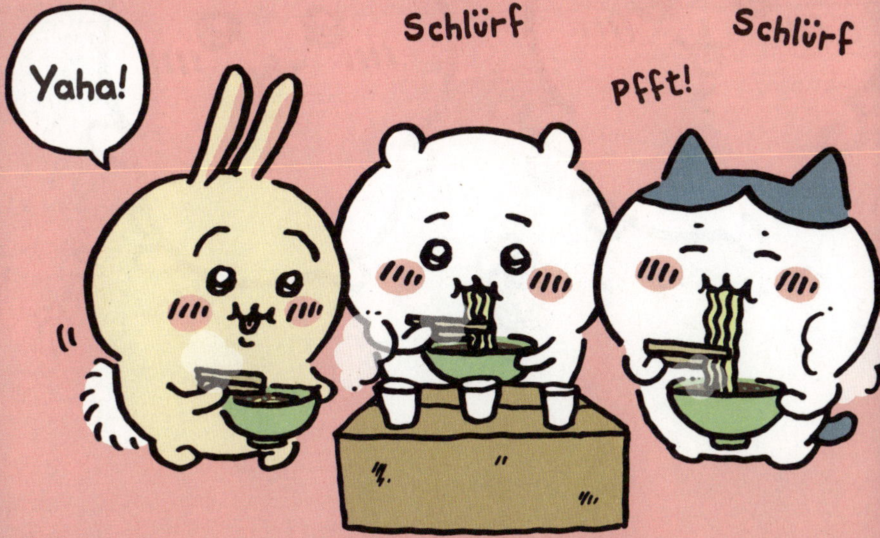
Yaha!
Schlürf
Pfft!
Schlürf

Die Figuren

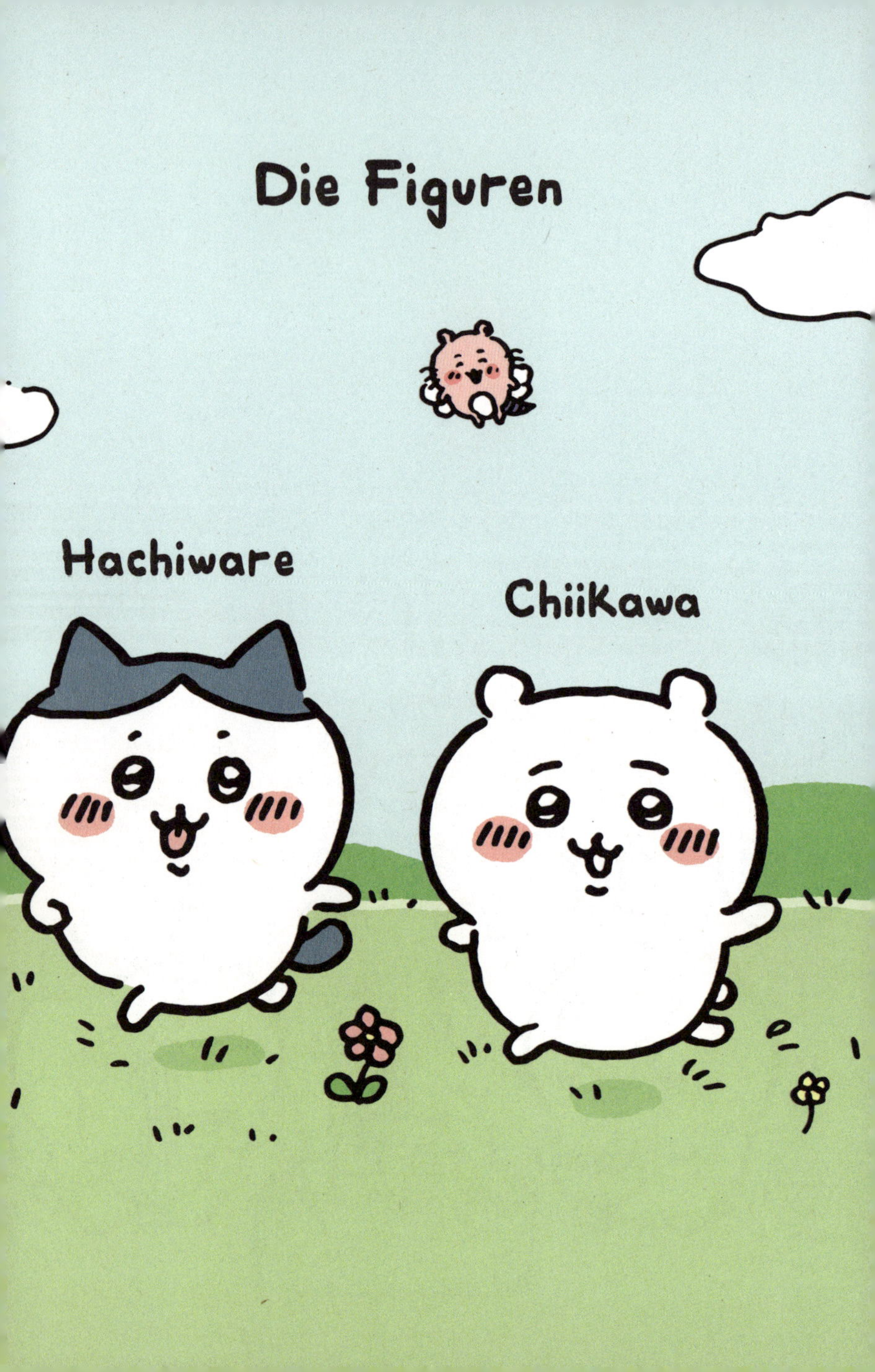

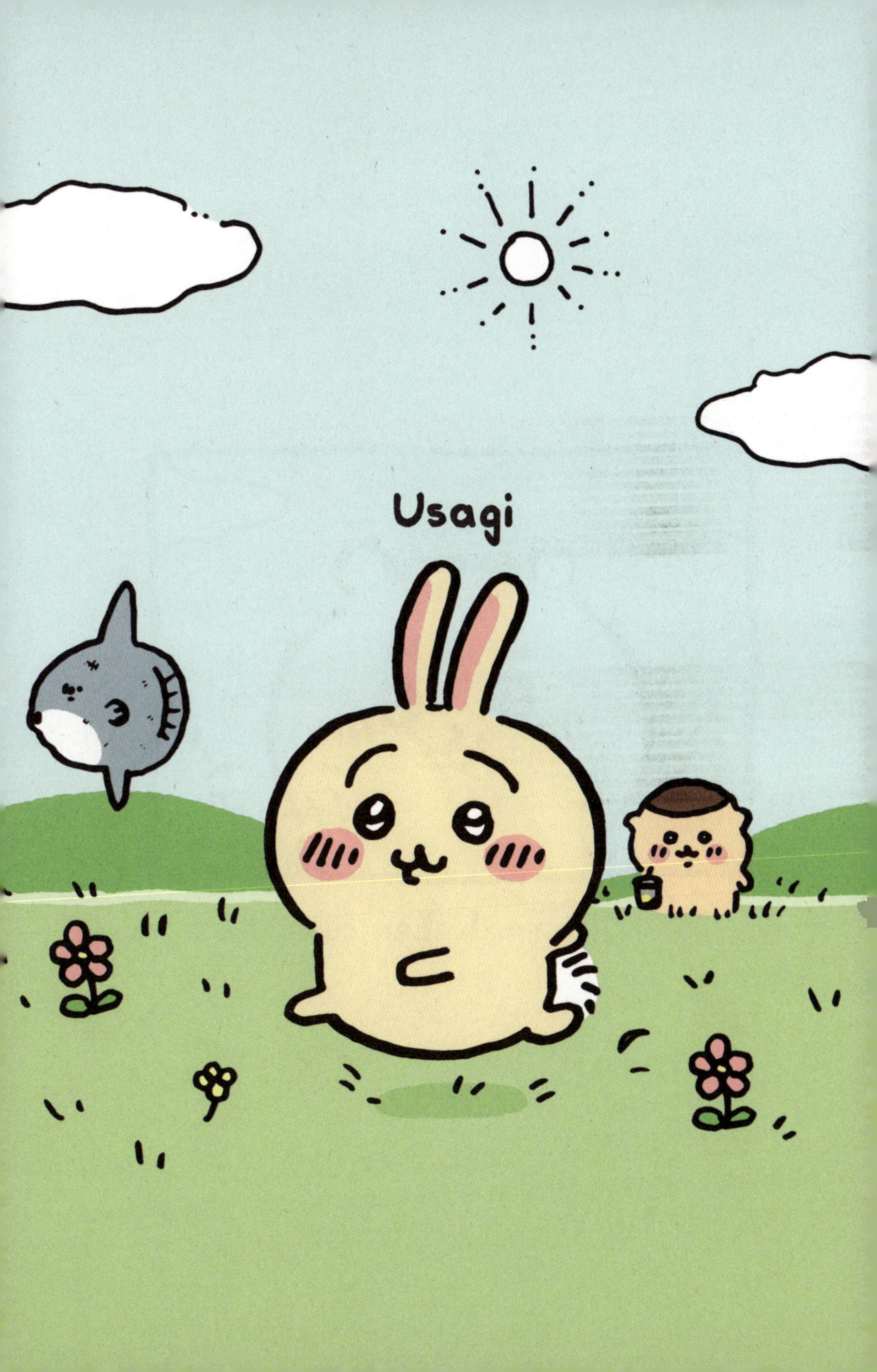
Usagi

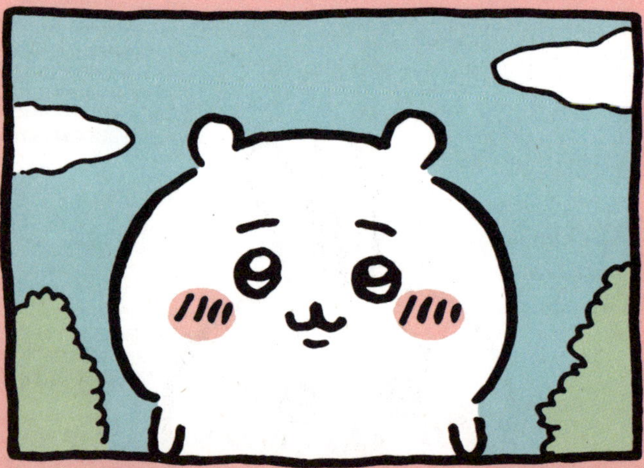

So soll mein Leben aussehen!

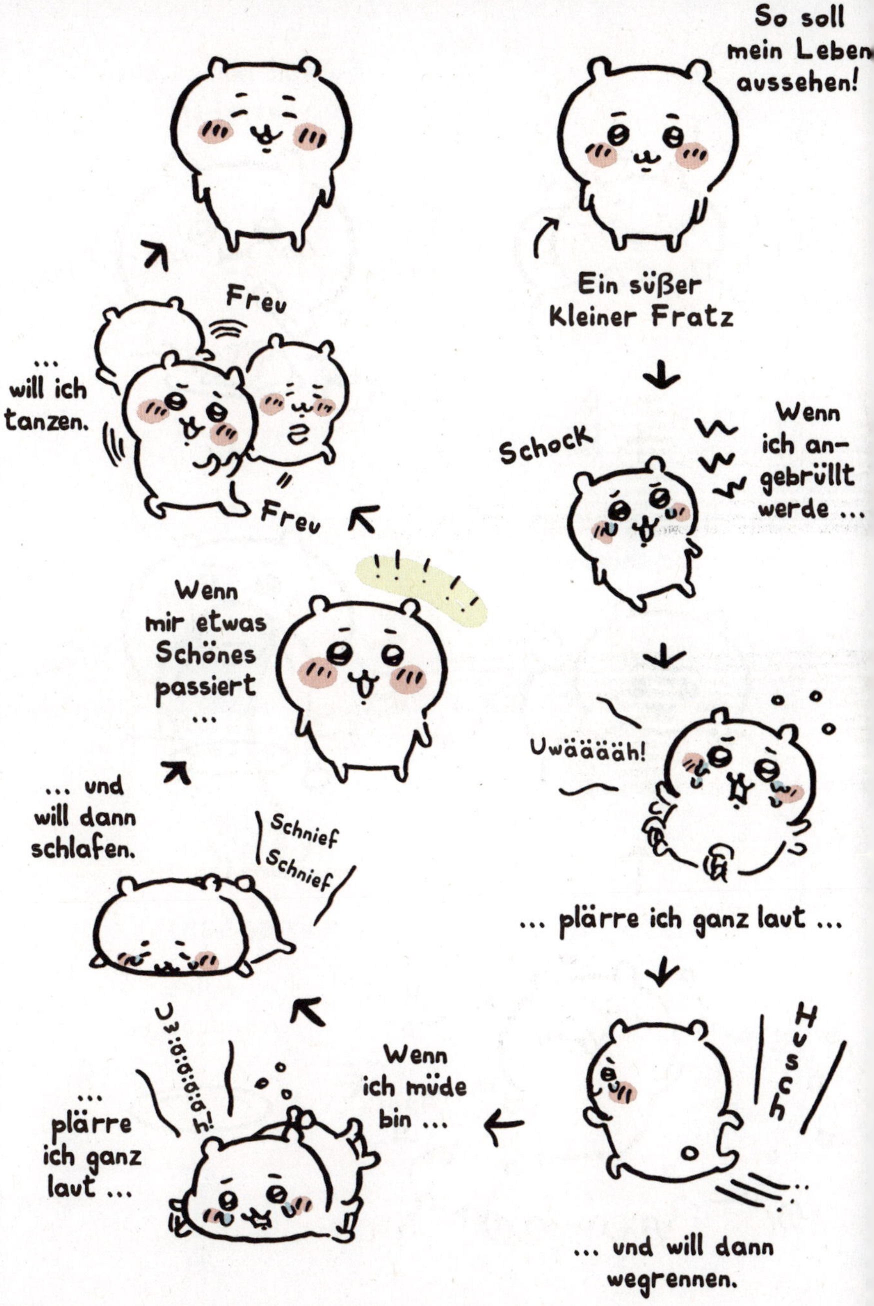
So soll mein Leben aussehen!
Ein süßer Kleiner Fratz
Schock
Wenn ich an-gebrüllt werde ...
Uwääääh!
... plärre ich ganz laut ...
Husch
... und will dann wegrennen.
Wenn ich müde bin ...
Uwääääh!
... plärre ich ganz laut ...
Schnief
Schnief
... und will dann schlafen.
Wenn mir etwas Schönes passiert ...
!!!!!
Freu
Freu
... will ich tanzen.

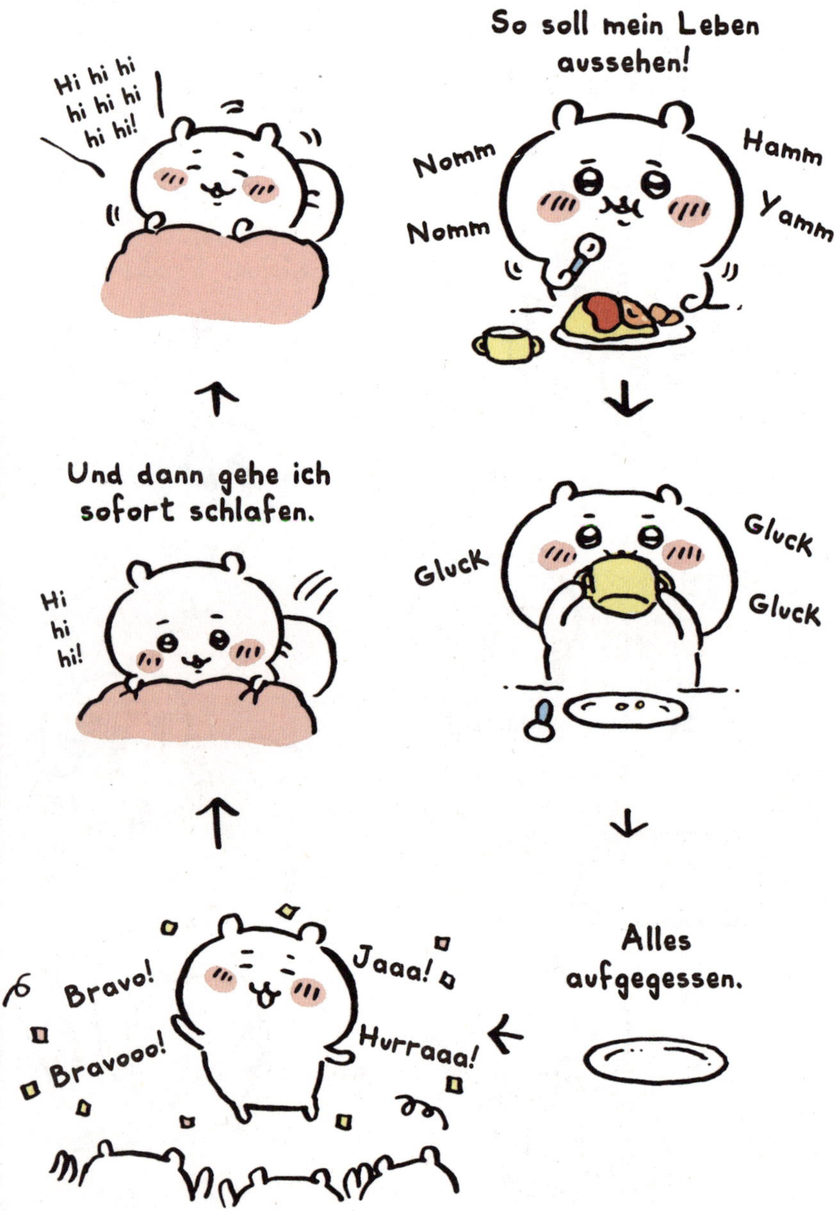
So soll mein Leben aussehen!
Nomm
Nomm
Hamm
Yamm
Gluck
Gluck
Gluck
Alles aufgegessen.
Bravo!
Bravooo!
Jaaa!
Hurraaa!
Und dann gehe ich sofort schlafen.
Hi hi hi!
Hi hi hi hi hi hi hi hi!

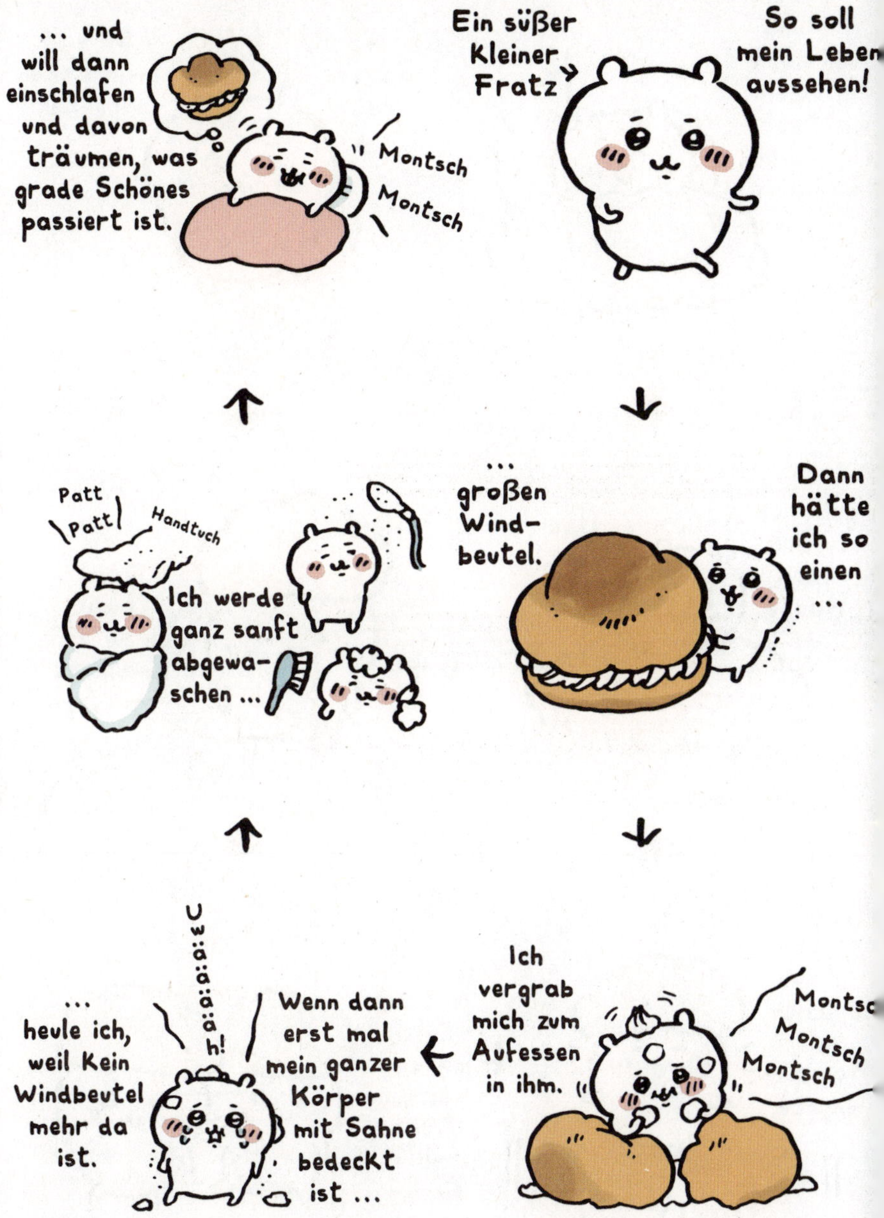

So soll mein Leben aussehen!
Ein süßer Kleiner Fratz
Dann hätte ich so einen ...
... großen Wind-beutel.
Ich vergrab mich zum Aufessen in ihm.
Montsc
Montsch
Montsch
Wenn dann erst mal mein ganzer Körper mit Sahne bedeckt ist ...
Uwääääh!
... heule ich, weil Kein Windbeutel mehr da ist.
Ich werde ganz sanft abgewa-schen ...
Patt
Patt
Handtuch
... und will dann einschlafen und davon träumen, was grade Schönes passiert ist.
Montsch
Montsch

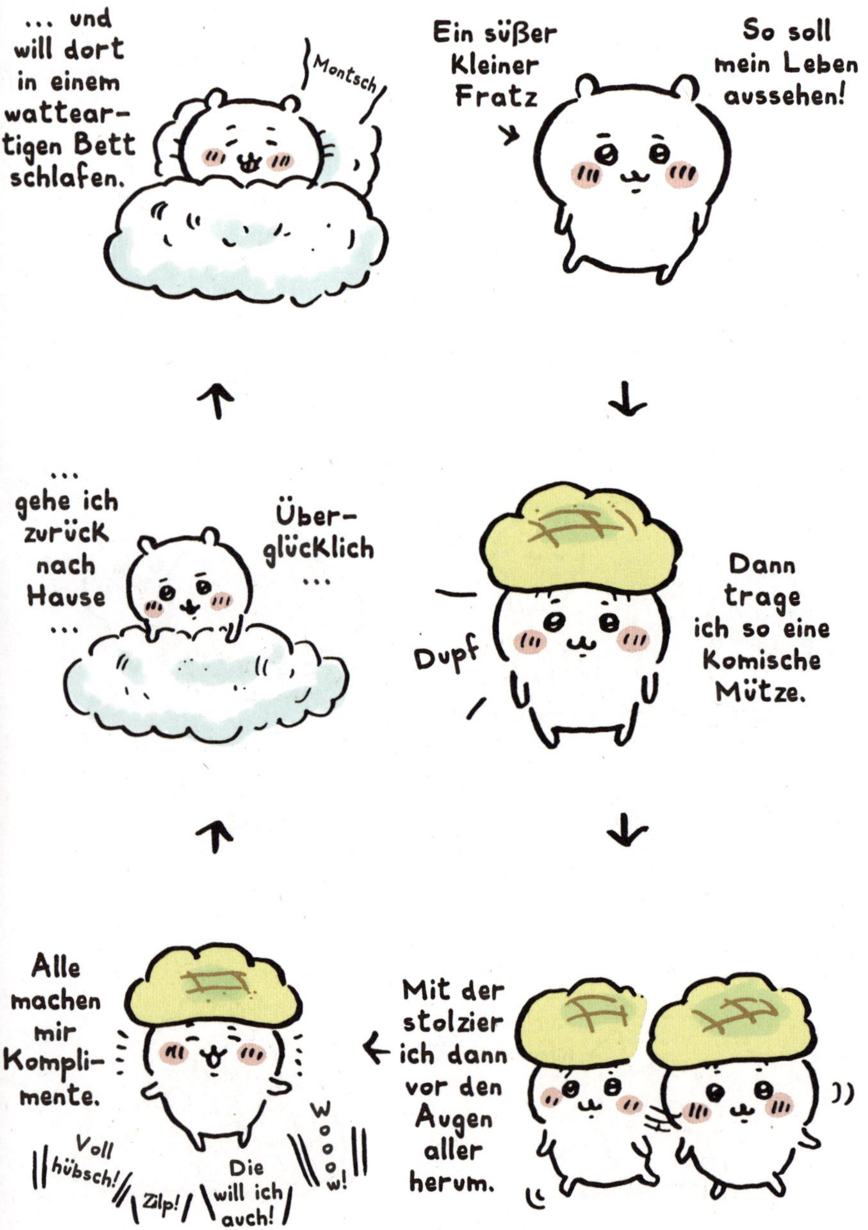

So soll mein Leben aussehen!
Ein süßer Kleiner Fratz
Dann trage ich so eine Komische Mütze.
Dupf
Mit der stolzier ich dann vor den Augen aller herum.
Alle machen mir Komplimente.
Voll hübsch!
Zilp!
Die will ich auch!
Woooow!
... gehe ich zurück nach Hause ...
Überglücklich ...
... und will dort in einem watteartigen Bett schlafen.
Montsch

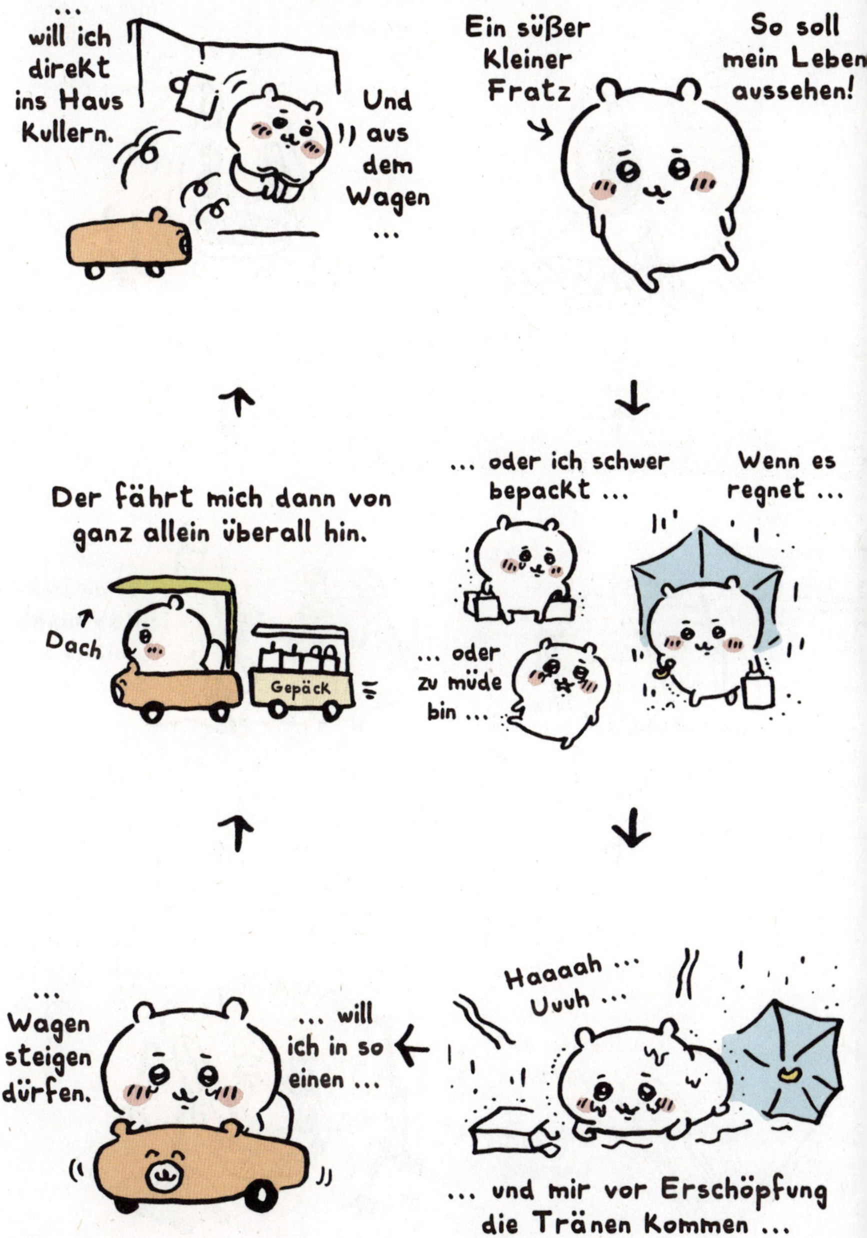
So soll mein Leben aussehen!
Ein süßer kleiner Fratz
Wenn es regnet ...
... oder ich schwer bepackt ...
... oder zu müde bin ...
Haaaah ... Uuuh ...
... und mir vor Erschöpfung die Tränen kommen ...
... will ich in so einen ...
... Wagen steigen dürfen.
Der fährt mich dann von ganz allein überall hin.
Dach
Gepäck
Und aus dem Wagen ...
... will ich direkt ins Haus kullern.

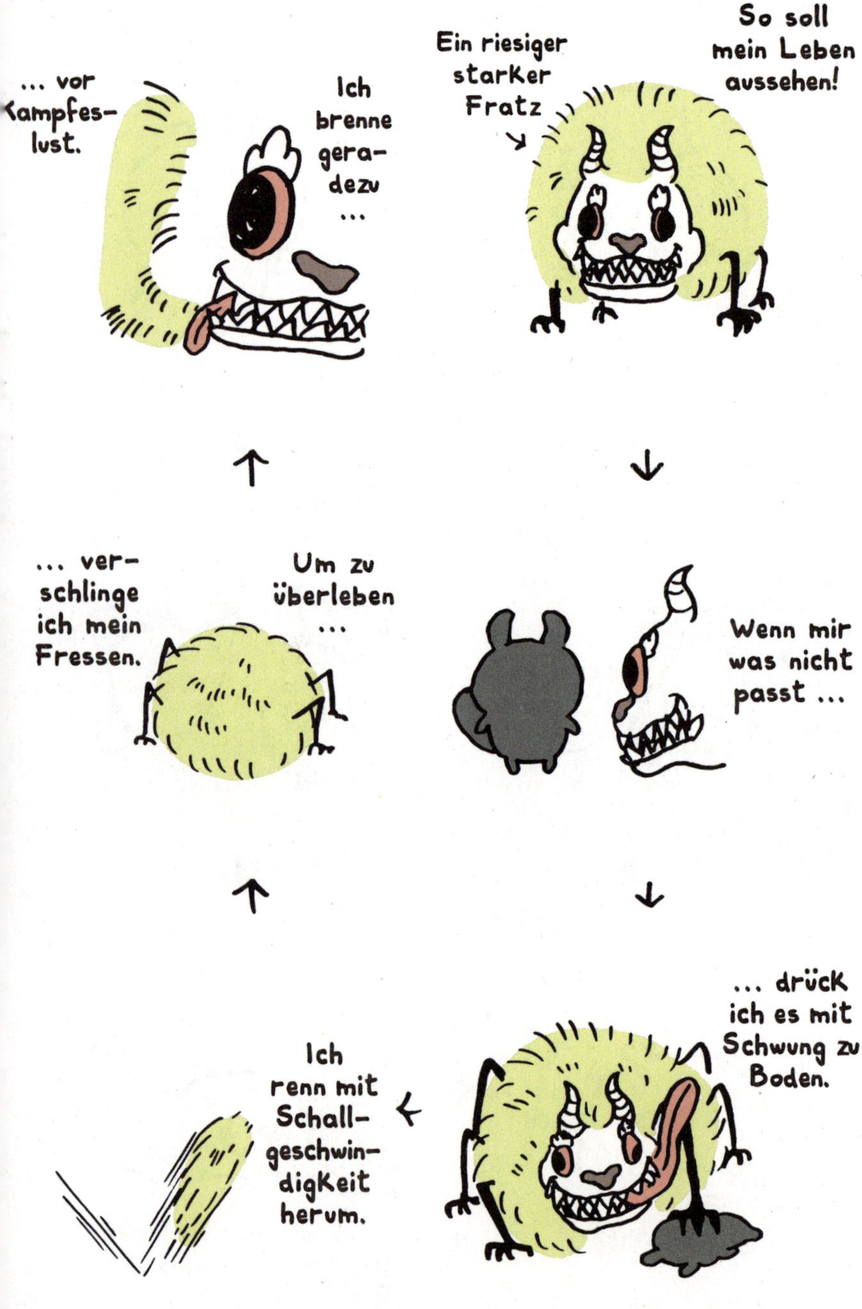
Ein riesiger starker Fratz
So soll mein Leben aussehen!
Wenn mir was nicht passt ...
... drück ich es mit Schwung zu Boden.
Ich renn mit Schall-geschwin-digkeit herum.
Um zu überleben ...
... ver-schlinge ich mein Fressen.
Ich brenne gera-dezu ...
... vor Kampfes-lust.

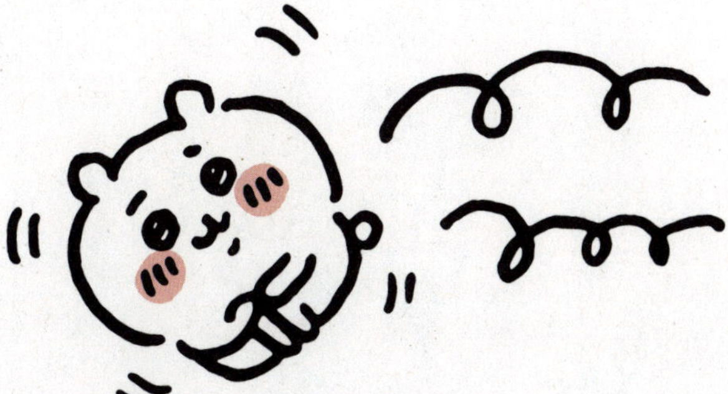

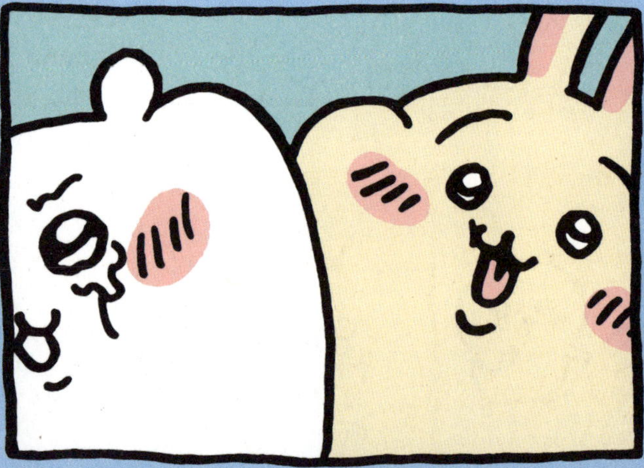

Chiikawas Alltag

Pizzaman

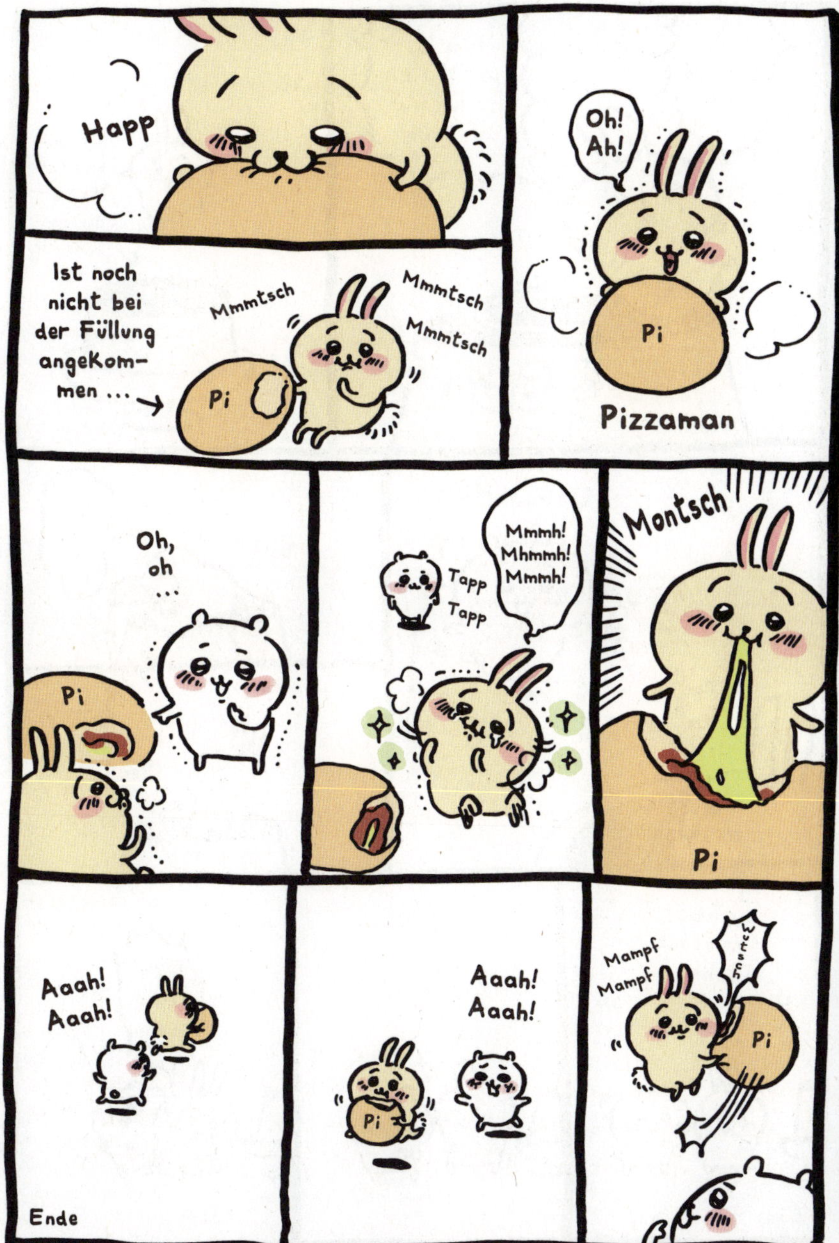

Oh! Ah!
Pi
Pizzaman
Happ
Ist noch nicht bei der Füllung angekommen ...
Mmmtsch
Mmmtsch
Mmmtsch
Pi
Montsch
Pi
Mmmh! Mhmmh! Mmmh!
Tapp
Tapp
Oh, oh ...
Pi
Mampf
Mampf
Wutsch
Pi
Aaah! Aaah!
Pi
Aaah! Aaah!
Ende

Ein fester Karamellpudding

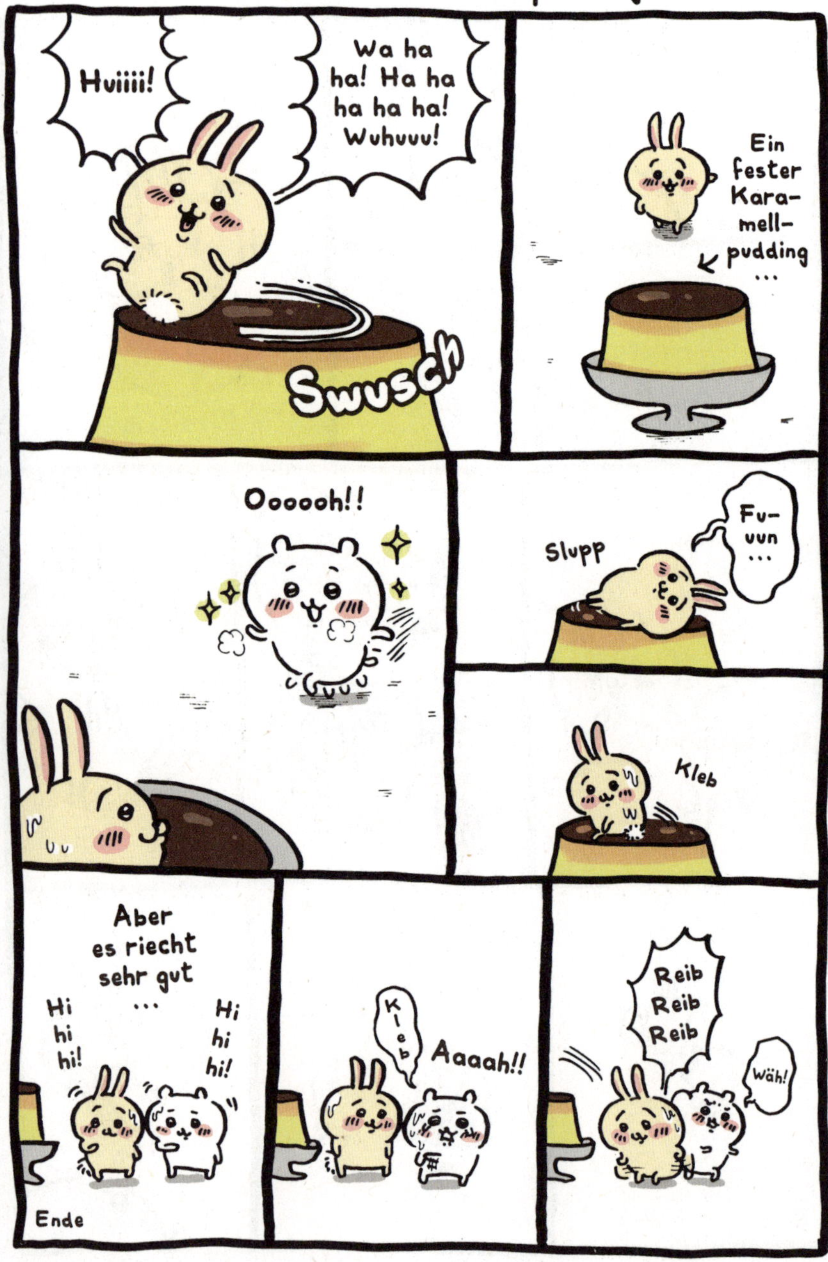

Huiiii!
Wa ha ha! Ha ha ha ha ha! Wuhuuu!
Swusch
Ein fester Kara-mell-pudding …
Oooooh!!
Slupp
Fu-uun …
Kleb
Aber es riecht sehr gut …
Hi hi hi!
Hi hi hi!
Ende
Kleb
Aaaah!!
Reib Reib Reib
Wäh!

Brokkoli

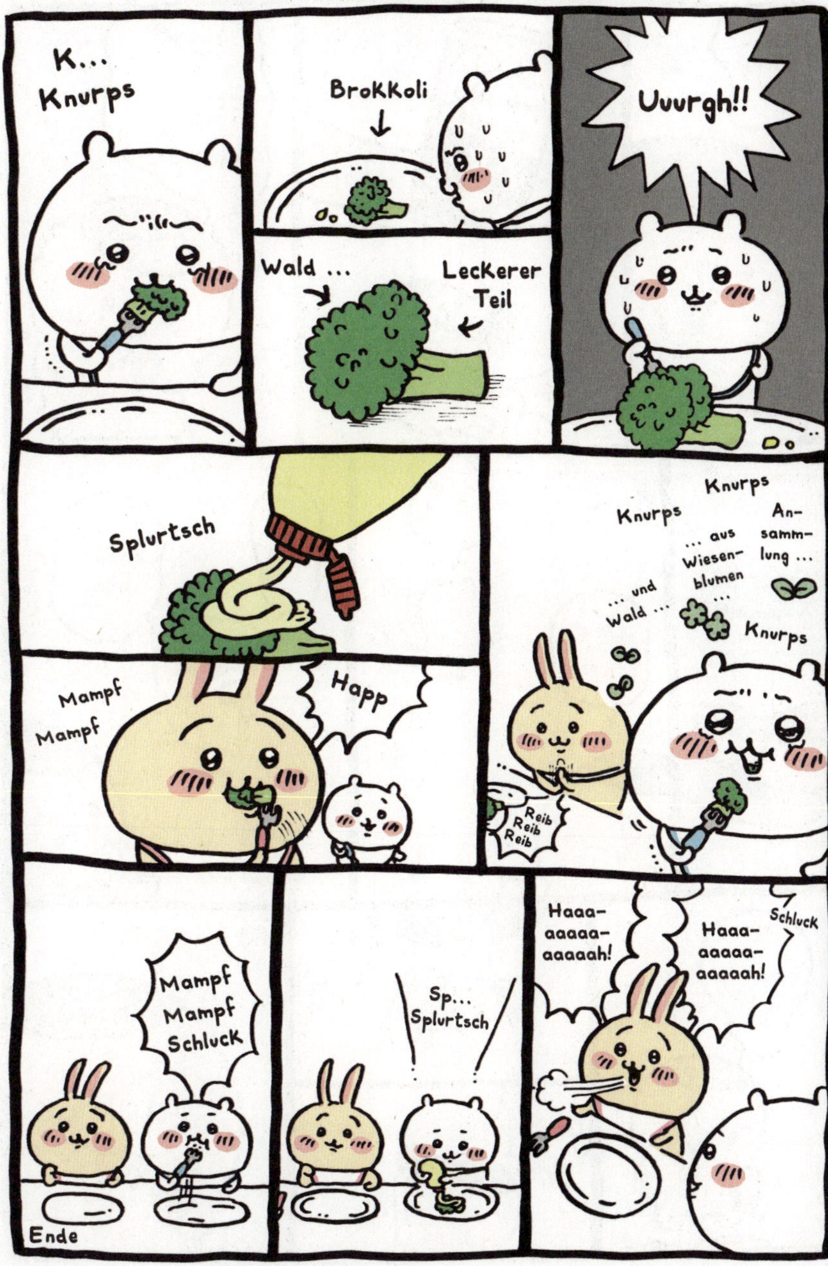
K...
Knurps
Brokkoli
Wald ...
Leckerer Teil
Uuurgh!!
Splurtsch
Knurps
Knurps
... und Wald ...
... aus Wiesen- blumen ...
An- samm- lung ...
Knurps
Reib Reib Reib
Mampf Mampf
Happ
Mampf Mampf Schluck
Ende
Sp... Splurtsch
Haaa- aaaaa- aaaaah!
Haaa- aaaaa- aaaaah!
Schluck

Kurimanju

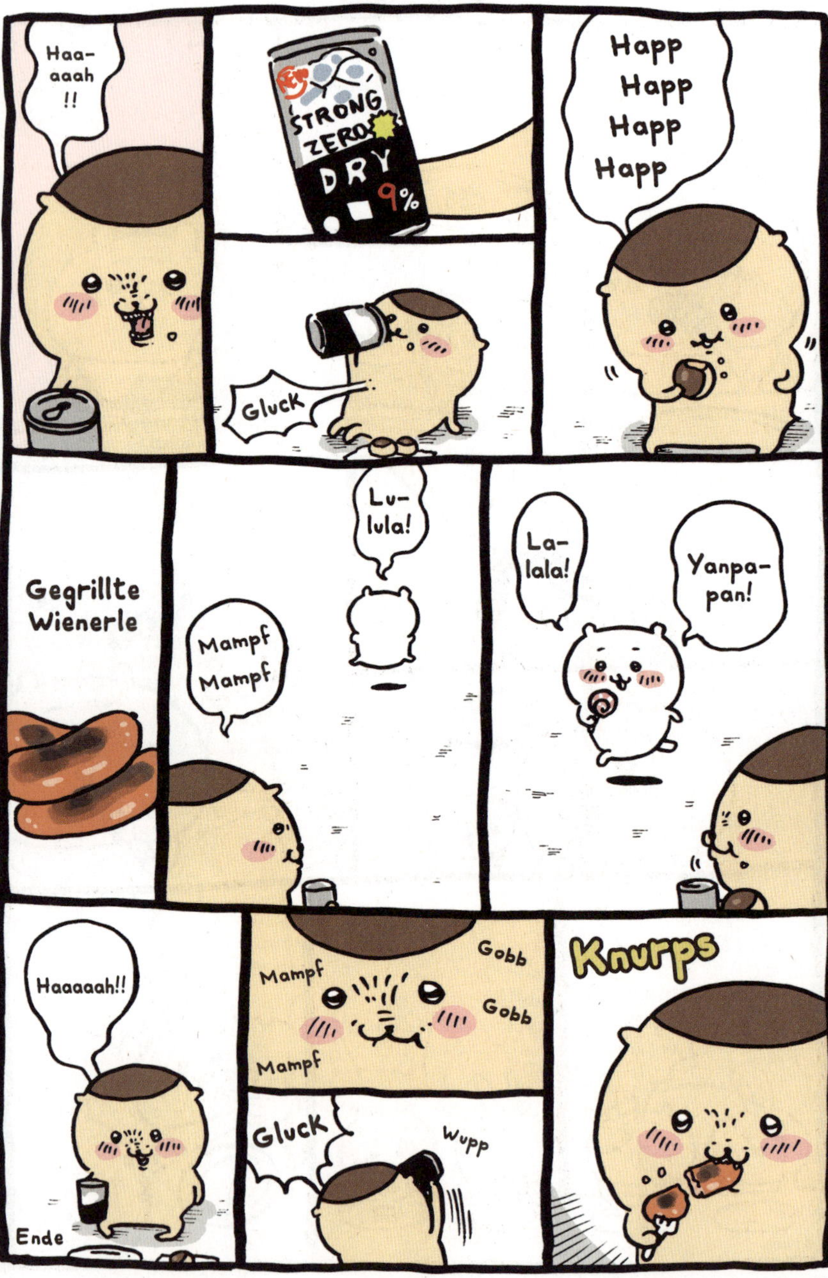
Haa-
aaah
!!
STRONG ZERO DRY 9%
Gluck
Happ
Happ
Happ
Happ
Gegrillte Wienerle
Lu-
lula!
Mampf
Mampf
La-
lala!
Yanpa-
pan!
Haaaaah!!
Ende
Mampf
Gobb
Gobb
Mampf
Gluck
Wupp
Knurps

Gedämpfte Teigtasche mit süßem Kastanienmus

Der Pancake

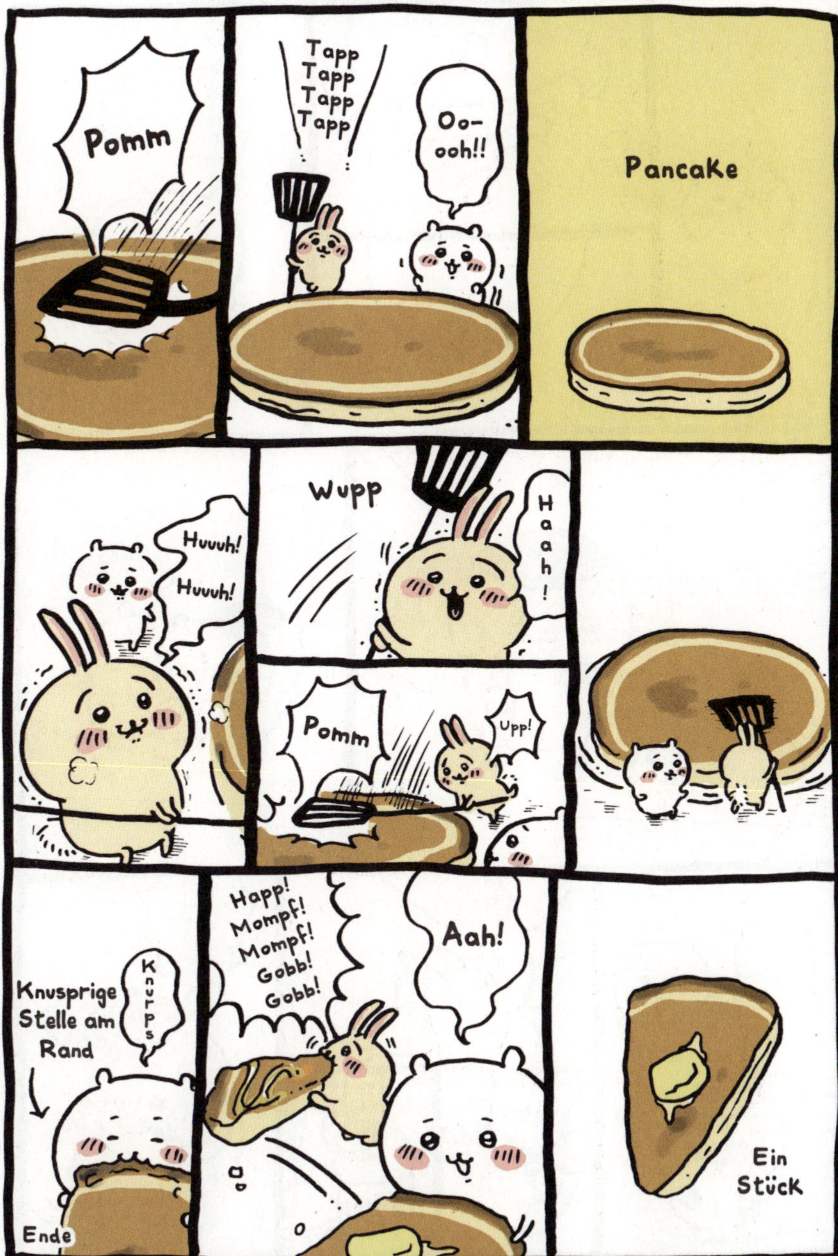
Pomm
Tapp
Tapp
Tapp
Tapp
Oo-
ooh!!
Pancake
Huuuh!
Huuuh!
Wupp
Haah!
Pomm
Upp!
Knusprige
Stelle am
Rand
Knurps
Ende
Happ!
Mompf!
Mompf!
Gobb!
Gobb!
Aah!
Ein
Stück

Tacos

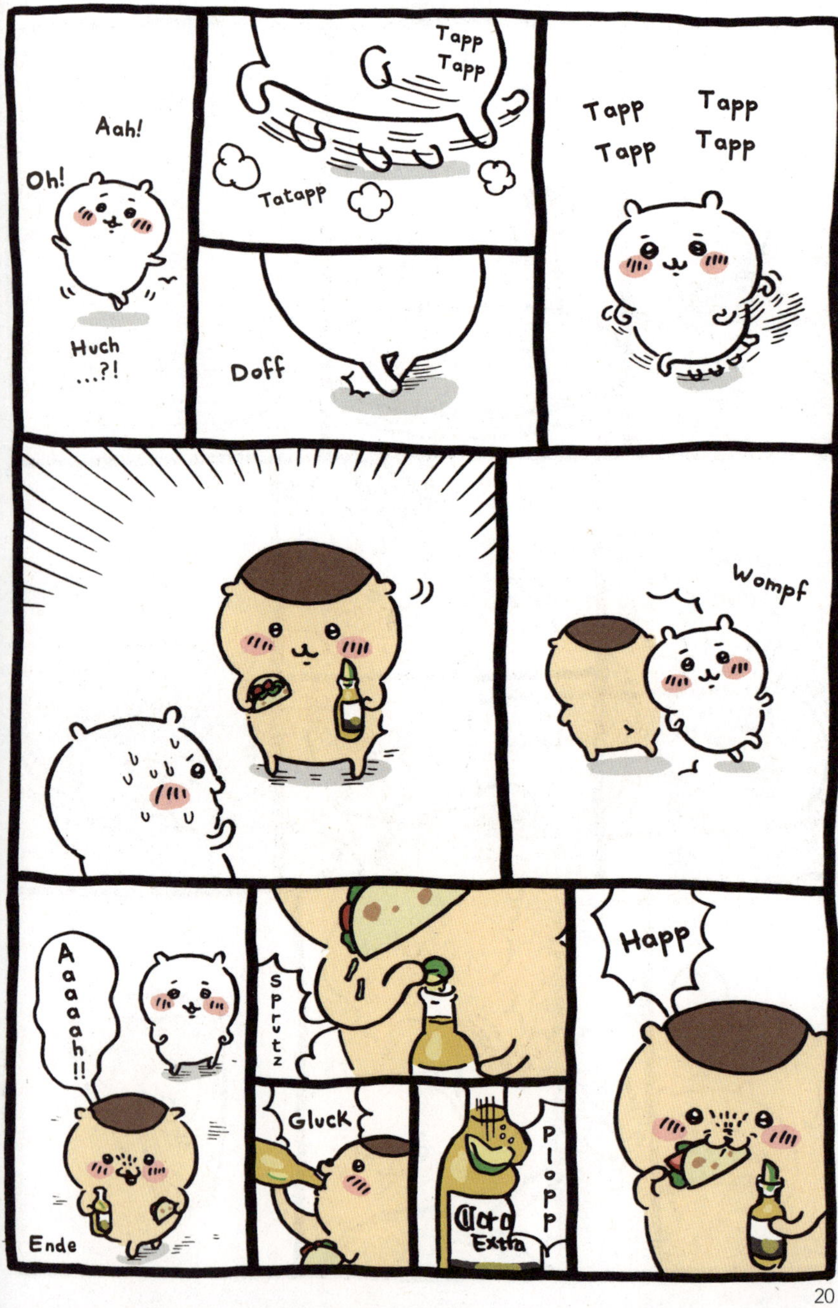
Aah!
Oh!
Huch ...?!
Tapp
Tapp
Tatapp
Doff
Tapp
Tapp
Tapp
Tapp
Wompf
Happ
Sprutz
Gluck
Plopp
Corona Extra
Aaaaah!!
Ende

Dörrlachs

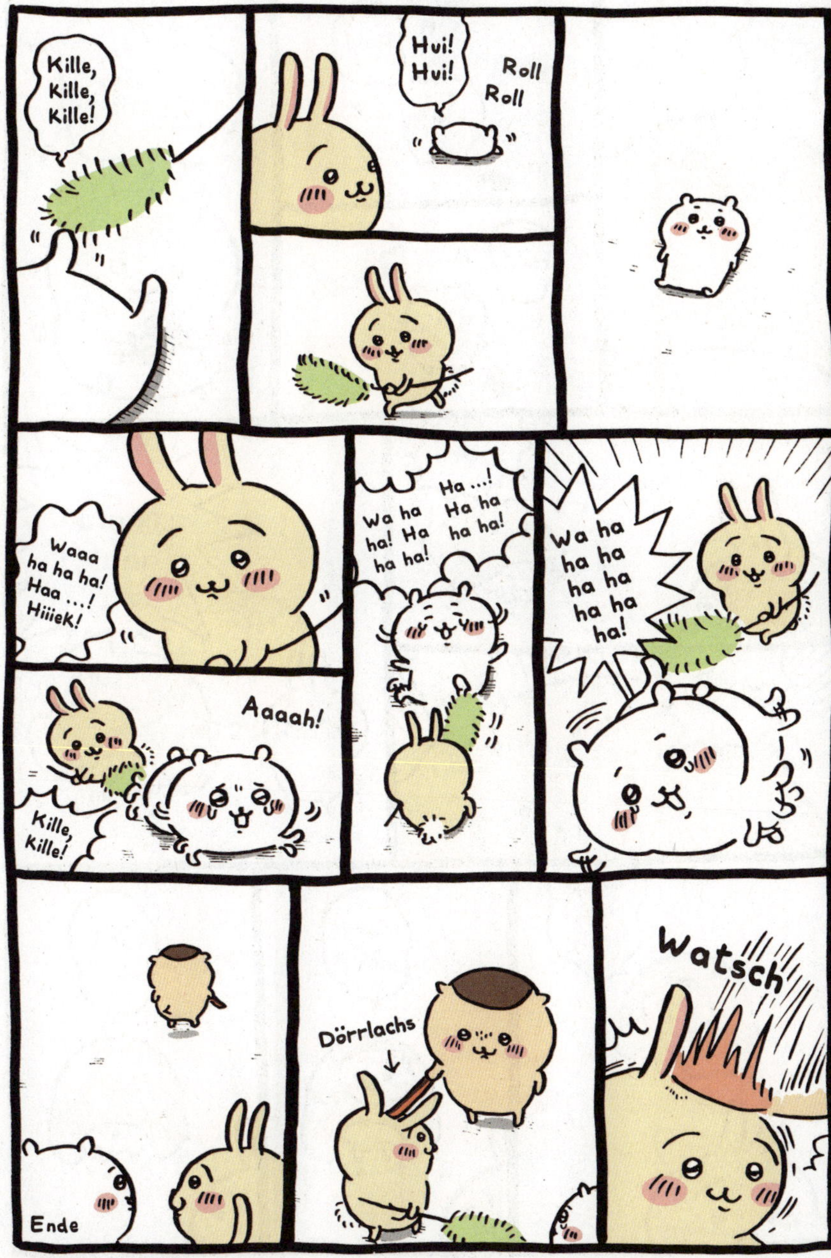
Kille,
Kille,
Kille!
Hui!
Hui!
Roll
Roll
Waaa
ha ha ha!
Haa ...!
Hiiiek!
Aaaah!
Kille,
Kille!
Wa ha
ha! Ha
ha ha!
Ha ...!
Ha ha
ha ha!
Wa ha
ha ha
ha ha
ha ha
ha!
Ende
Dörrlachs
Watsch

Käääse

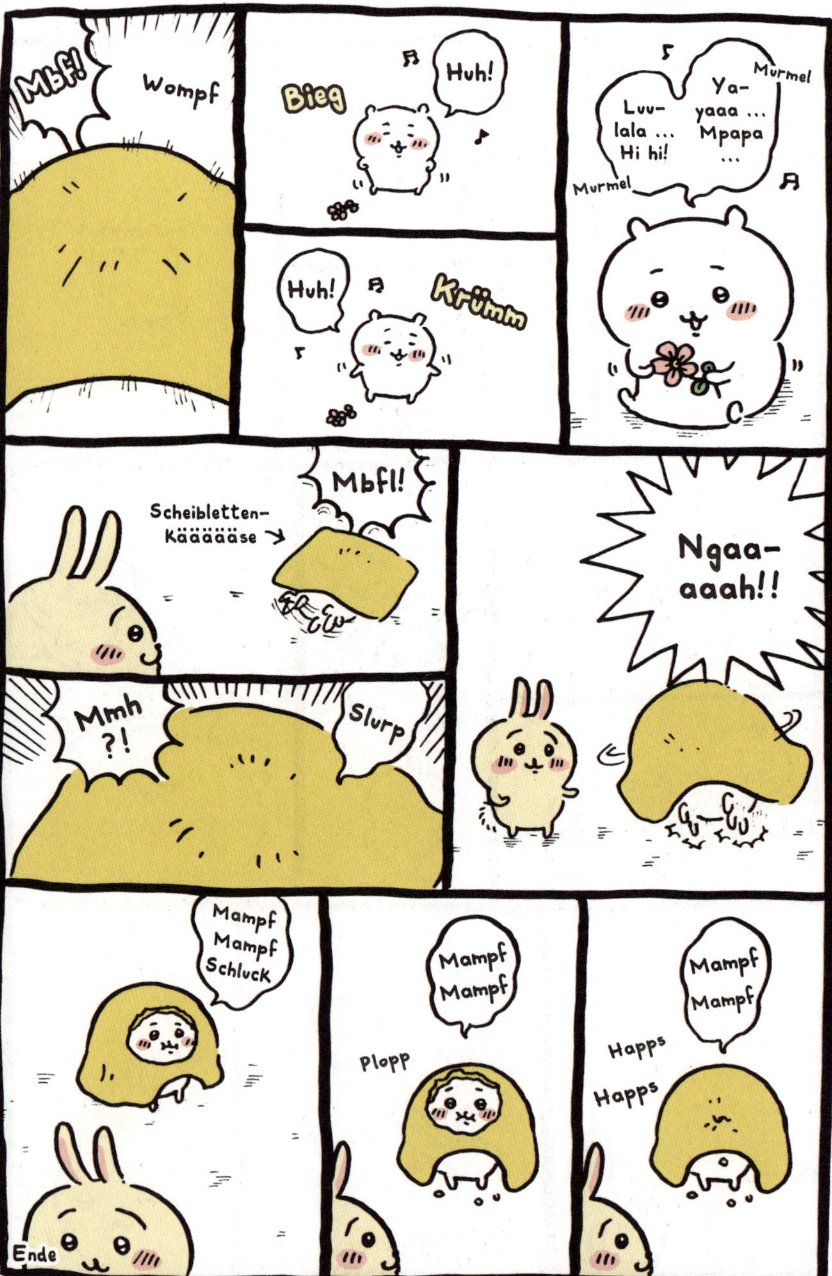
Murmel
Luu-lala … Hi hi!
Ya-yaaa … Mpapa …
Murmel
Huh!
Bieg
Huh!
Krümm
Mbf!
Wompf
Ngaa-aaah!!
Mbfl!
Scheibletten-Käääääse
Mmh ?!
Slurp
Mampf Mampf
Happs
Happs
Mampf Mampf
Plopp
Mampf Mampf Schluck
Ende

Joghurtdrink

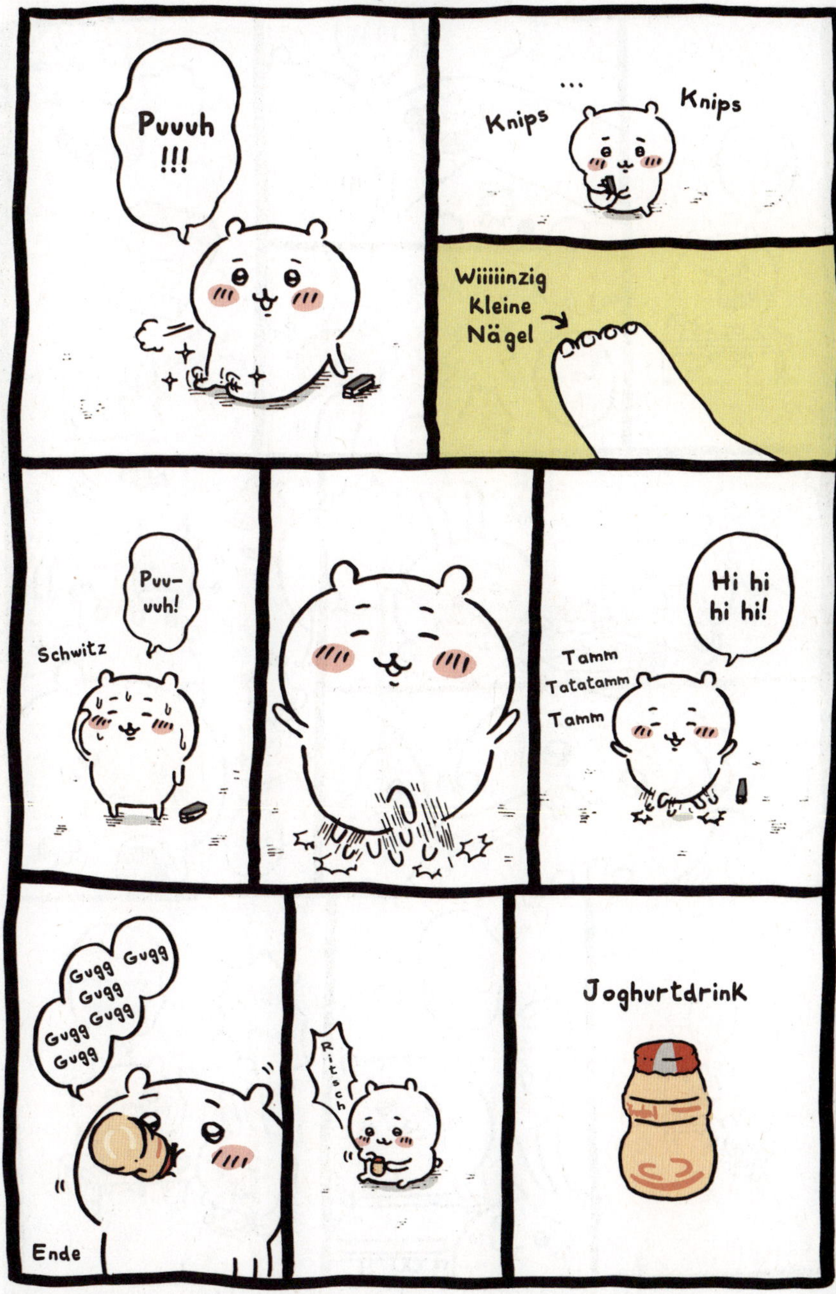
Puuuh !!!
...
Knips
Knips
Wiiiiinzig Kleine Nägel
Schwitz
Puu-uuh!
Tamm
Tatatamm
Tamm
Hi hi hi hi!
Joghurtdrink
Ritsch
Gugg Gugg Gugg Gugg Gugg Gugg
Ende

TierKekse

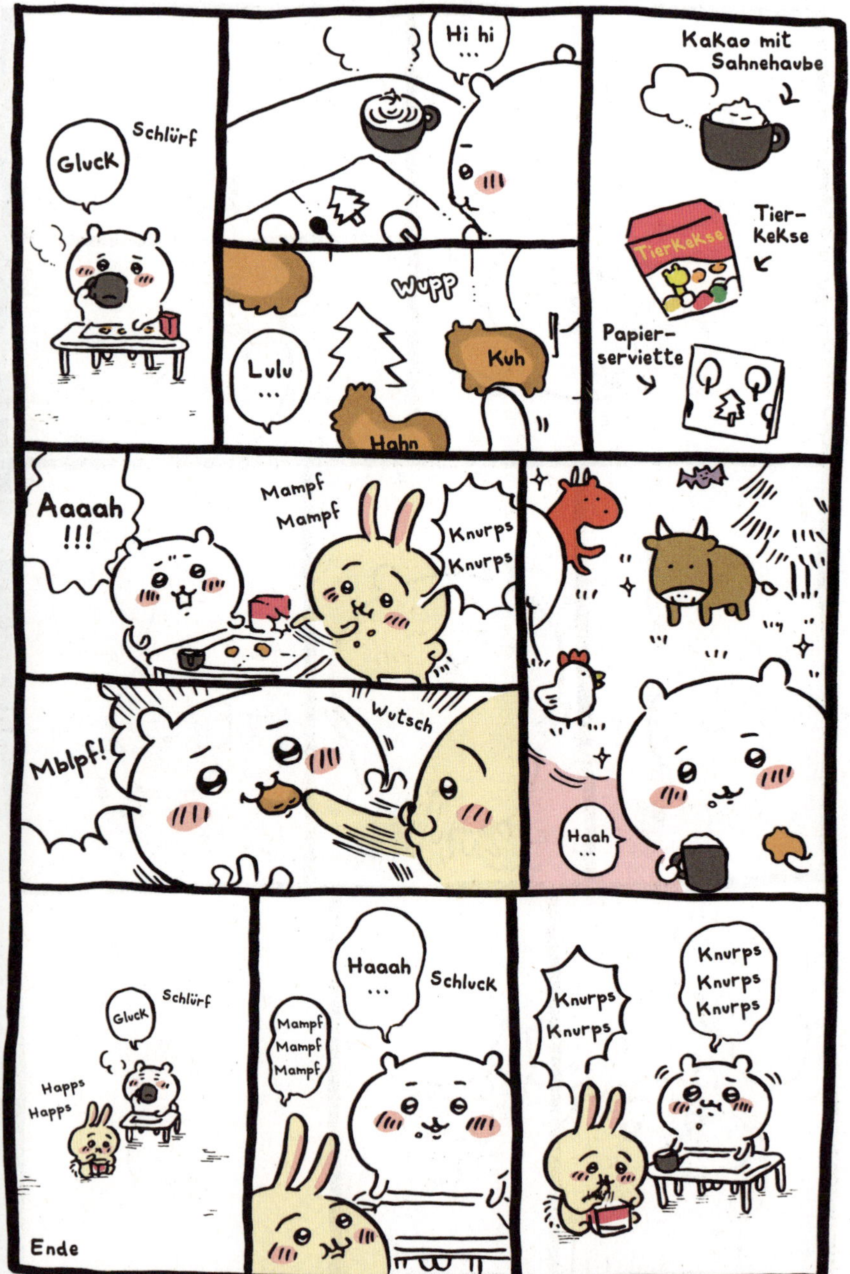

Gluck
Schlürf
Hi hi ...
Kakao mit Sahnehaube
Tier-Kekse
TierKeKse
Papier-serviette
Wupp
Lulu ...
Kuh
Hahn
Aaaah !!!
Mampf Mampf
Knurps Knurps
Mblpf!
Wutsch
Haah ...
Gluck
Schlürf
Happs Happs
Ende
Haaah ...
Schluck
Mampf Mampf Mampf
Knurps Knurps
Knurps Knurps Knurps

Instant-Ramen

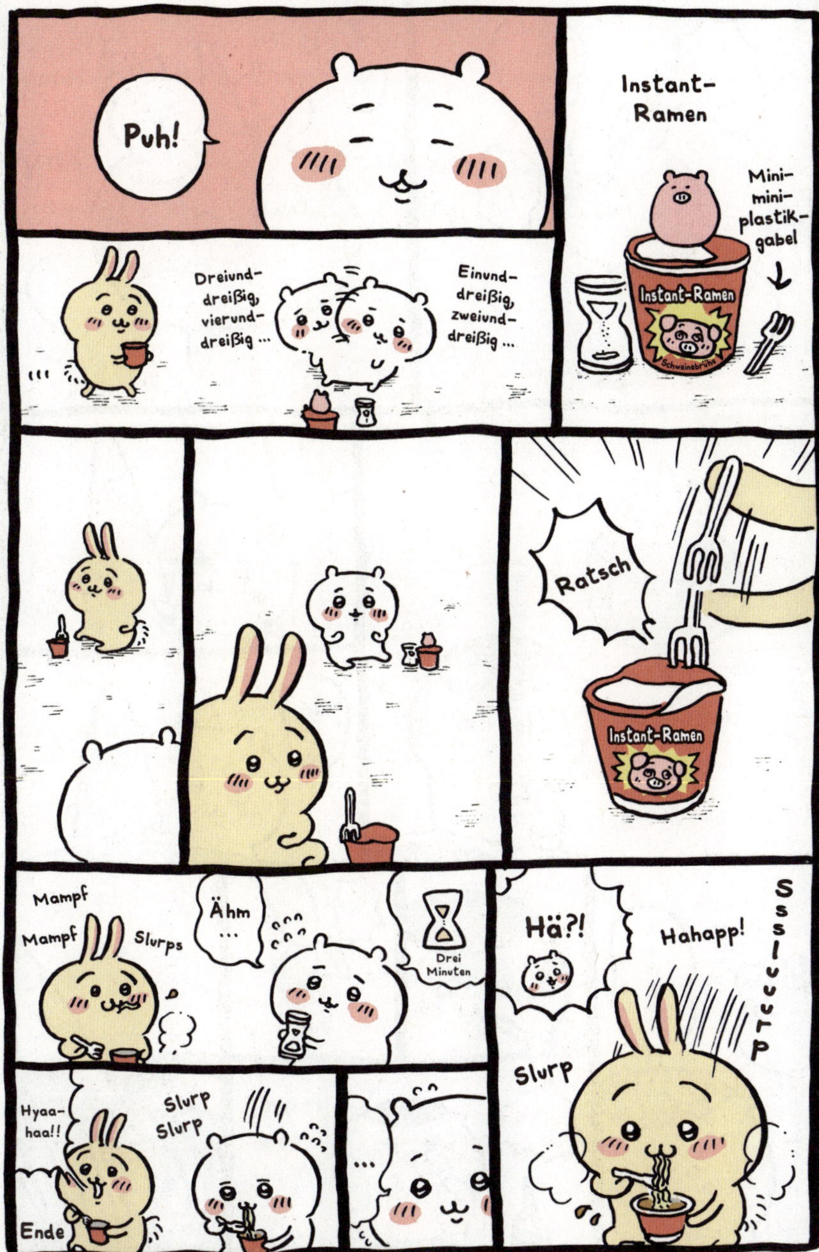

Puh!
Instant-Ramen
Mini-mini-plastik-gabel
Instant-Ramen
Schweinebrühe
Dreiunddreißig, vierunddreißig …
Einunddreißig, zweiunddreißig …
Ratsch
Instant-Ramen
Mampf
Mampf
Slurps
Ähm …
Drei Minuten
Hä?!
Hahapp!
Ssssluuurp
Slurp
Hyaa-haa!!
Slurp
Slurp
…
Ende

Der Reitmondfisch

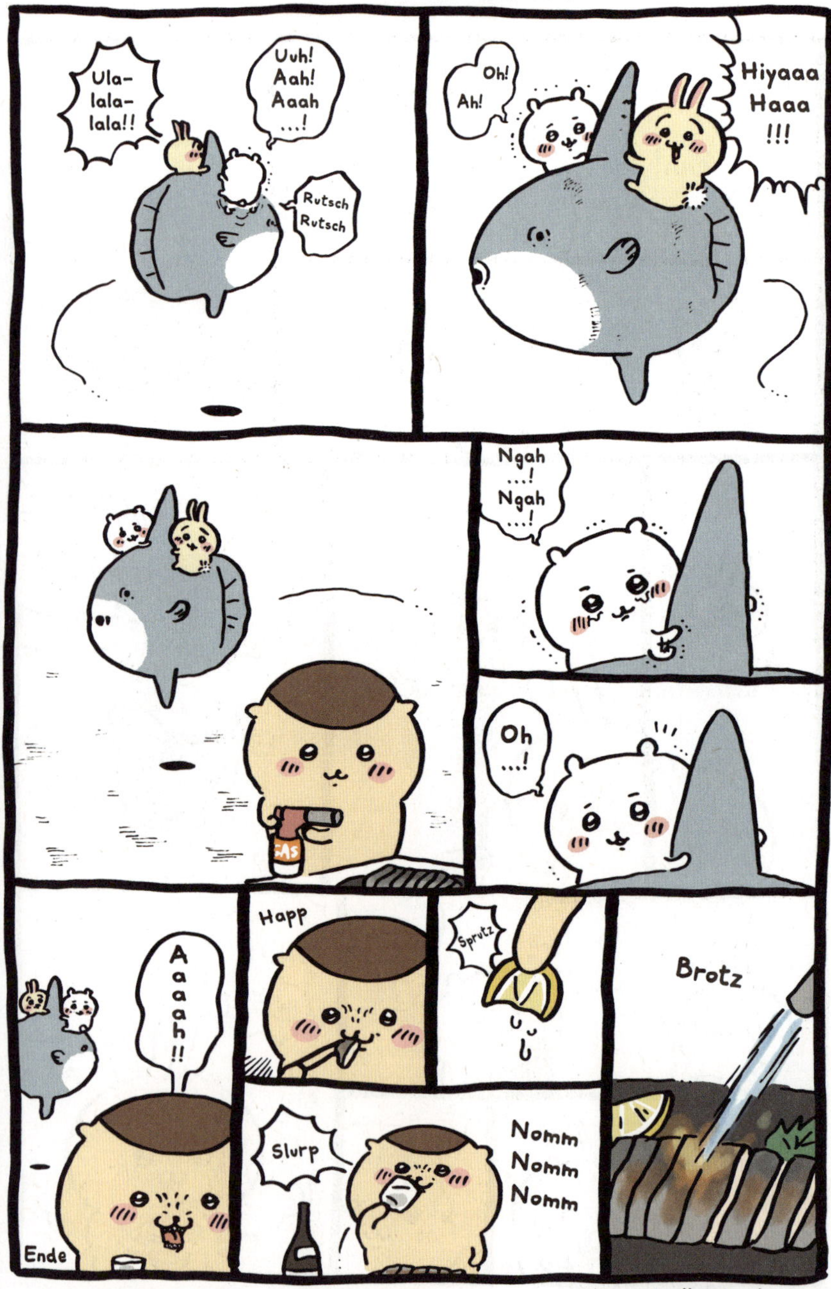

Ula-lala-lala!!
Uuh! Aah! Aaah ...!
Rutsch Rutsch
Oh! Ah!
Hiyaaa Haaa !!!
Ngah ...! Ngah ...!
Oh ...!
GAS
Aaaaah!!
Happ
Sprutz
Brotz
Slurp
Nomm Nomm Nomm
Ende

Grillmakrele

Ramune-Traubenzucker

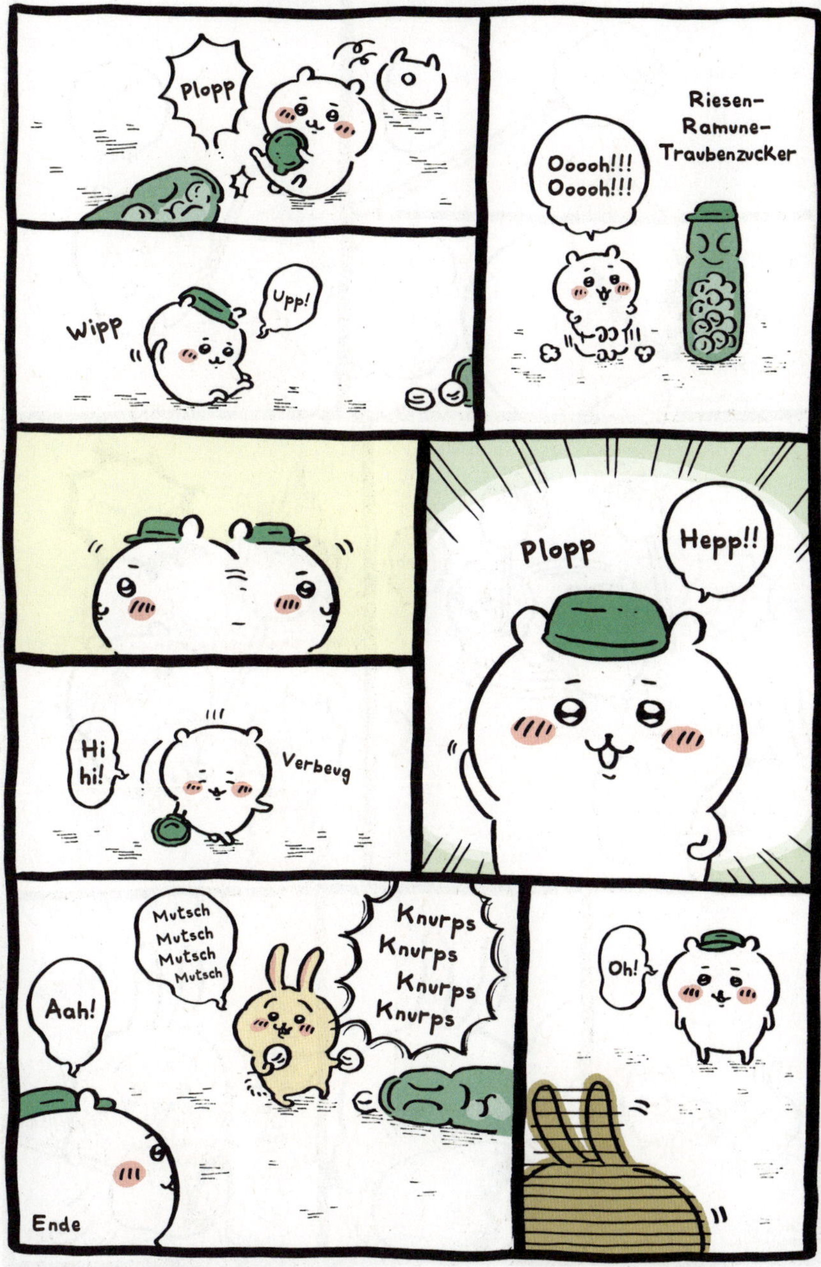

Plopp
Riesen-
Ramune-
Traubenzucker
Ooooh!!!
Ooooh!!!
Wipp
Upp!
Plopp
Hepp!!
Hi
hi!
Verbeug
Aah!
Mutsch
Mutsch
Mutsch
Mutsch
Knurps
Knurps
Knurps
Knurps
Oh!
Ende

Gegrillter Marshmallow

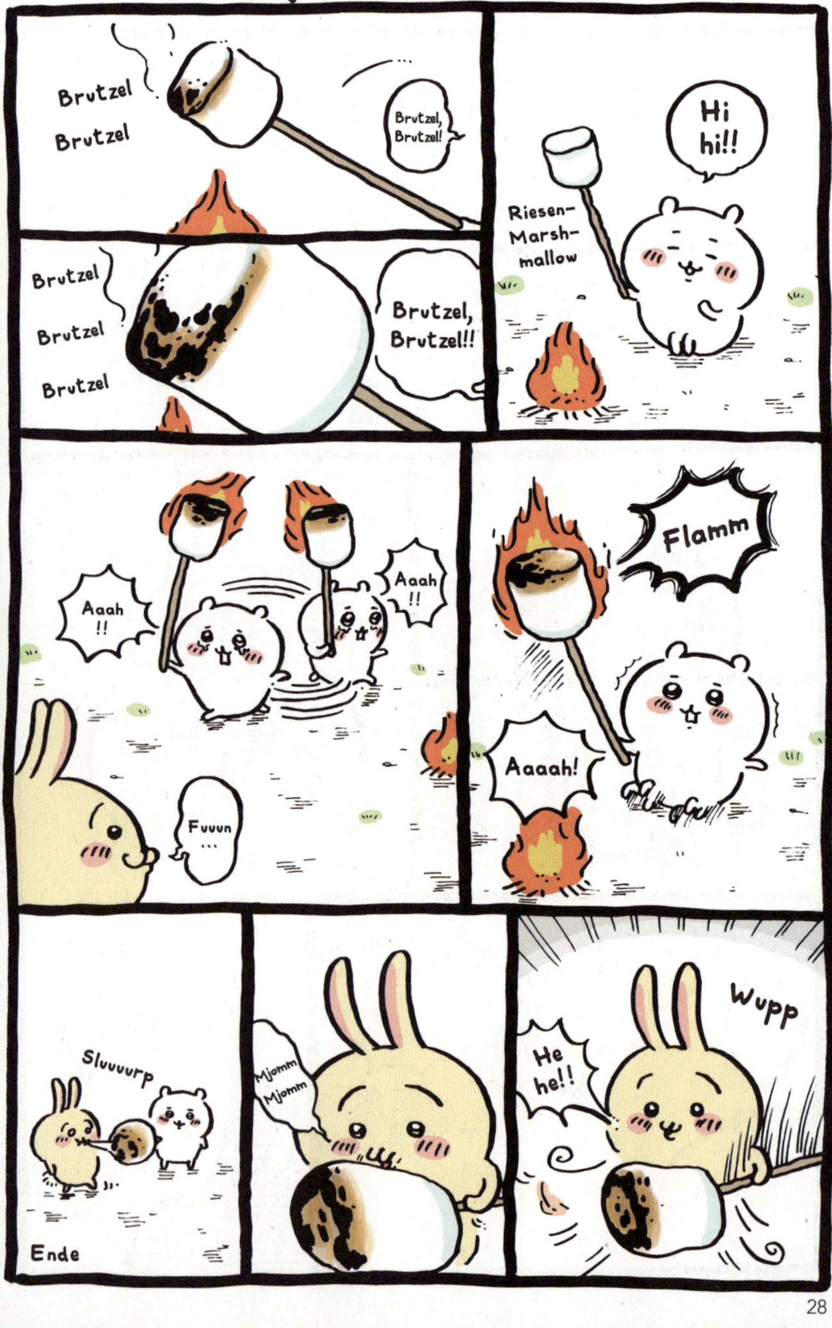

Hi hi!!
Riesen-Marshmallow
Brutzel
Brutzel
Brutzel, Brutzel!
Brutzel
Brutzel
Brutzel
Brutzel, Brutzel!!
Flamm
Aaaah!
Aaah !!
Aaah !!
Fuuun …
Wupp
He he!!
Mjomm Mjomm
Sluuuurp
Ende

Die Chimäre

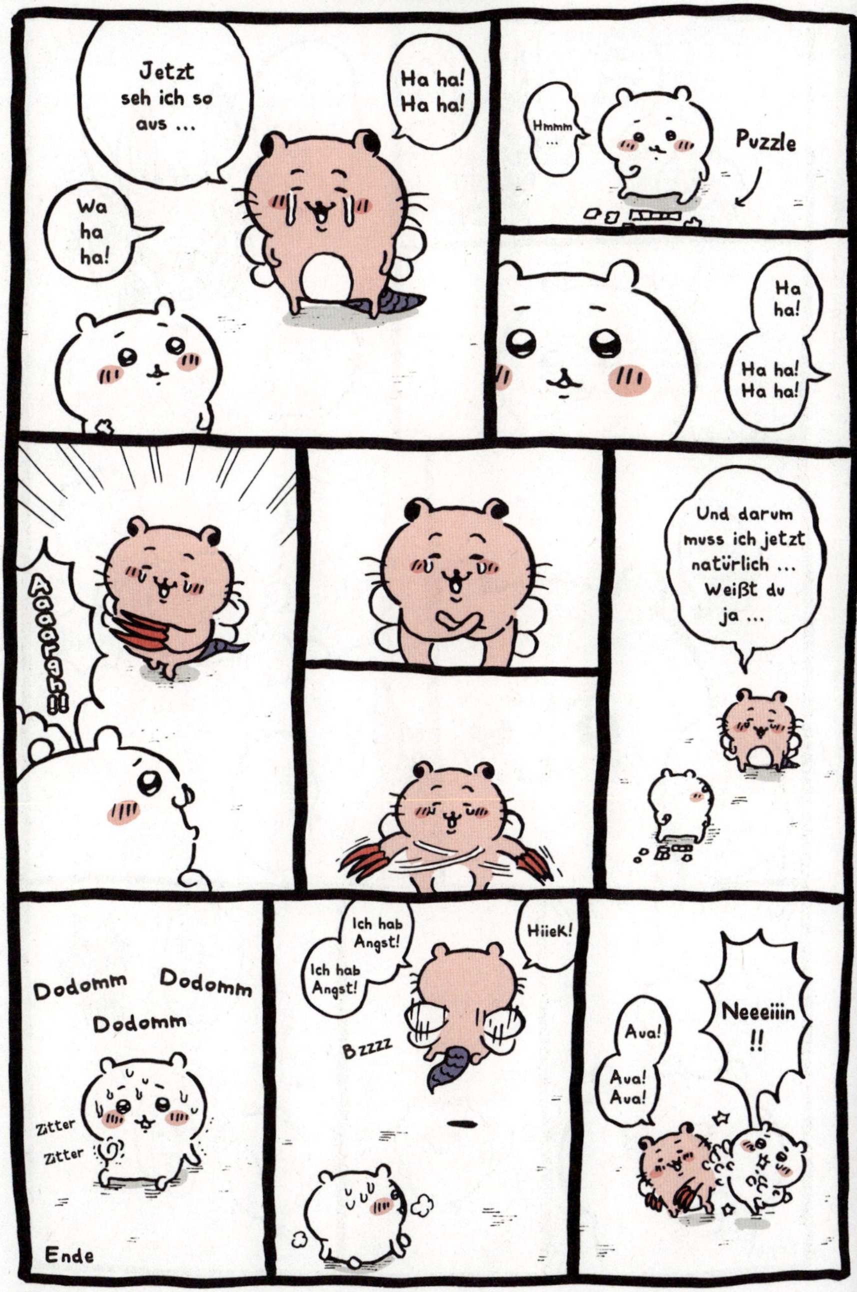
Jetzt seh ich so aus ...
Ha ha! Ha ha!
Wa ha ha!
Hmmm ...
Puzzle
Ha ha!
Ha ha! Ha ha!
Aaaargh!!
Und darum muss ich jetzt natürlich ... Weißt du ja ...
Dodomm Dodomm
Dodomm
Zitter
Zitter
Ende
Ich hab Angst!
Ich hab Angst!
HiieK!
Bzzzz
Ava!
Ava! Ava!
Neeeiiin !!

Nein

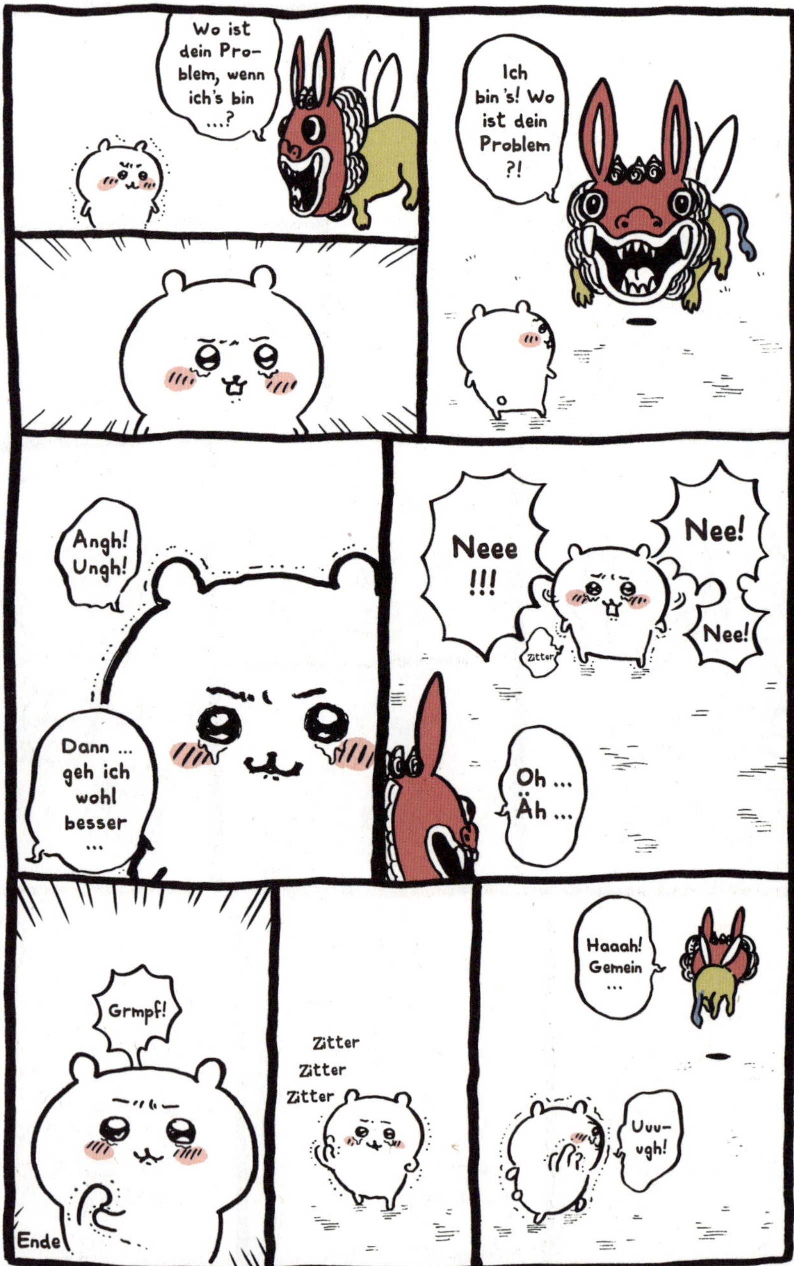
Wo ist dein Problem, wenn ich's bin …?
Ich bin 's! Wo ist dein Problem ?!
Angh! Ungh!
Dann … geh ich wohl besser …
Neee !!!
Nee!
Nee!
Zitter
Oh … Äh …
Grmpf!
Ende
Zitter
Zitter
Zitter
Haaah! Gemein …
Uuu-ugh!

Ulala

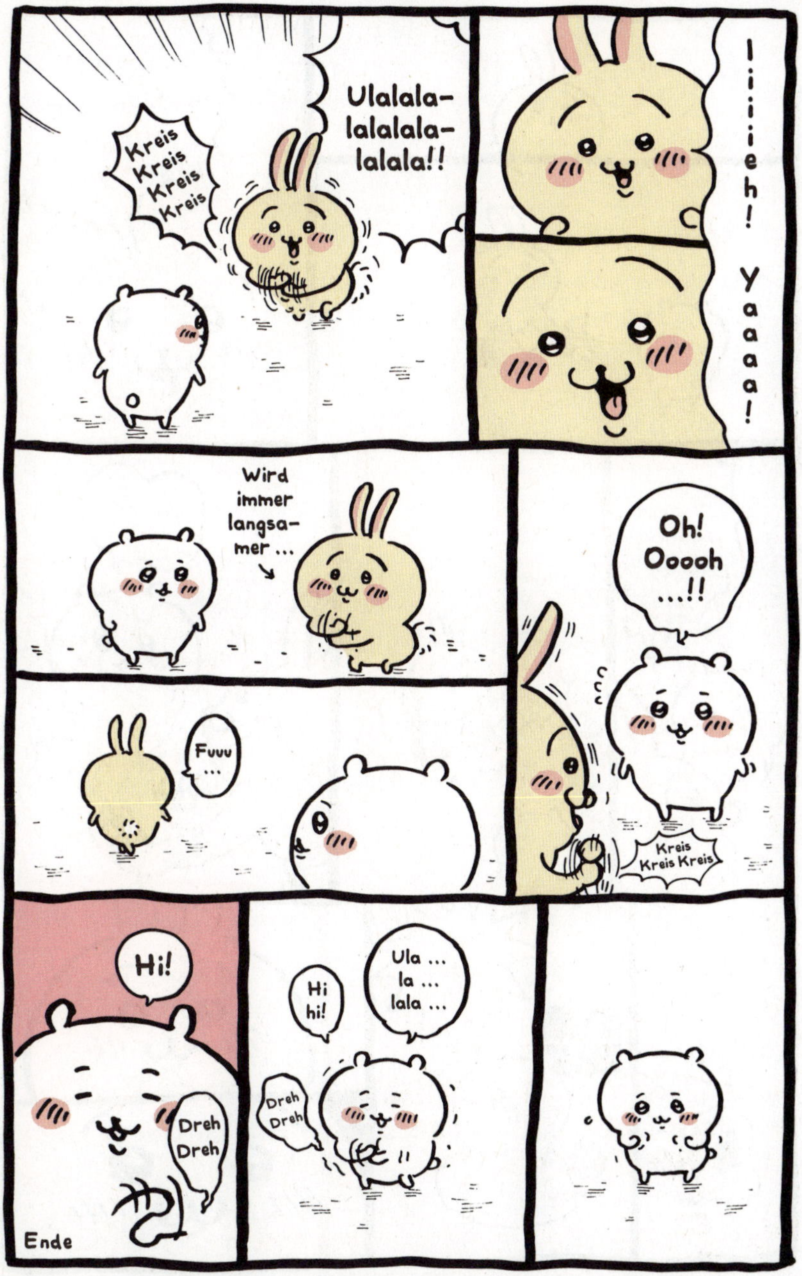
Kreis
Kreis
Kreis
Kreis
Ulalala-
lalalala-
lalala!!
I-i-i-i-e-h!
Yaaaa!
Wird
immer
langsa-
mer …
Oh!
Ooooh
…!!
Kreis
Kreis Kreis
Fuuu
…
Hi!
Dreh
Dreh
Ula …
la …
lala …
Hi
hi!
Dreh
Dreh
Ende

Hände

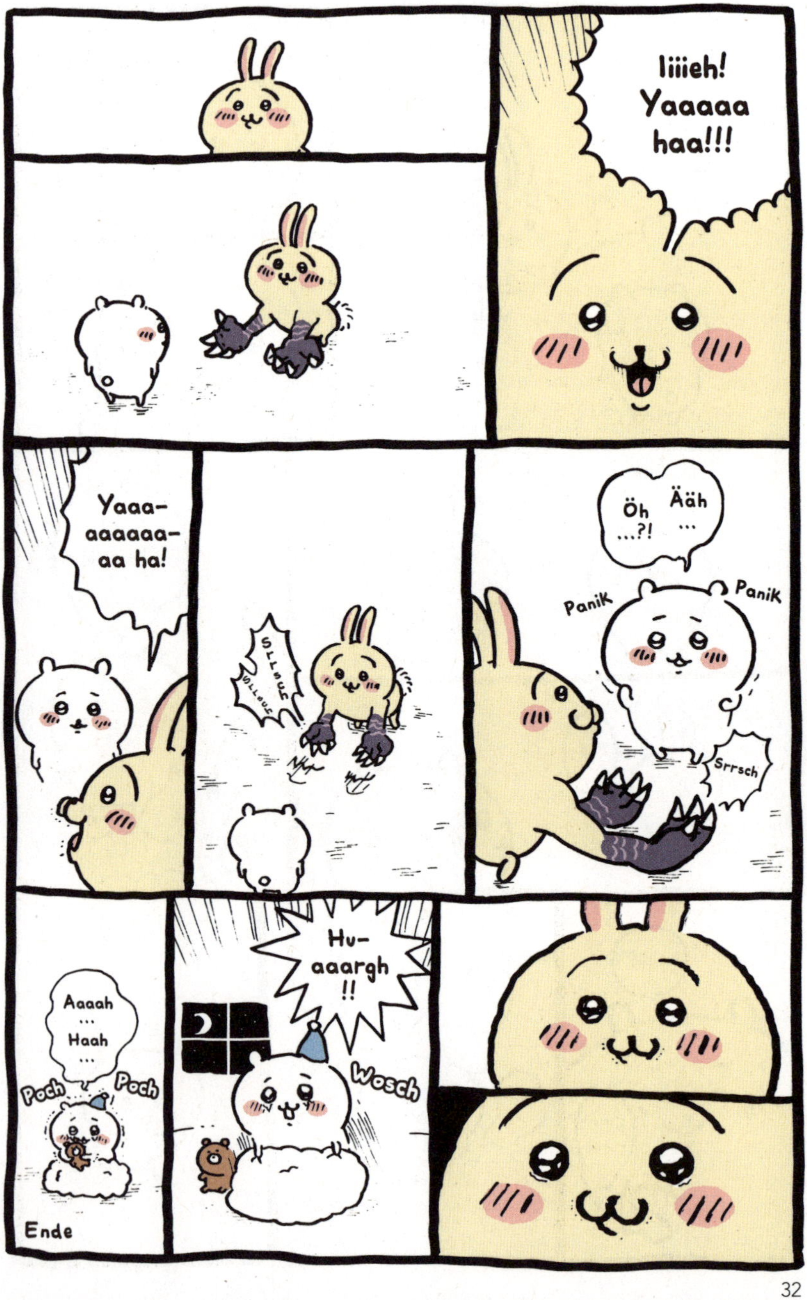

Iiiieh!
Yaaaaa haa!!!
Yaaa-aaaaaa-aa ha!
Sllsch
Sllsch
Öh ...?!
Ääh ...
Panik
Panik
Srrsch
Hu-aaargh !!
Wosch
Aaaah ... Haah ...
Poch
Poch
Ende

Nur ein Traum

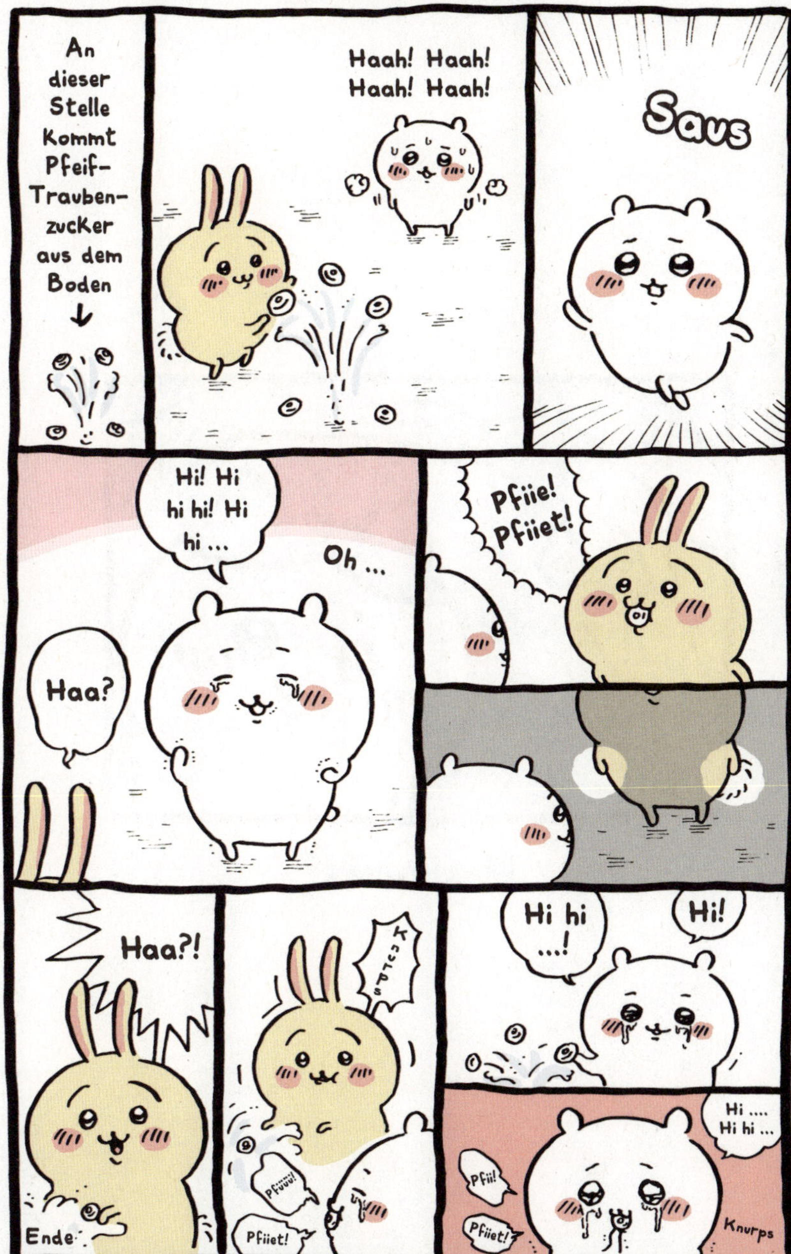
Saus
Haah! Haah!
Haah! Haah!
An dieser Stelle kommt Pfeif-Traubenzucker aus dem Boden
Pfiie! Pfiiet!
Hi! Hi hi hi! Hi hi ...
Oh ...
Haa?
Hi!
Hi hi ...!
Hi .... Hi hi ...
Pfii!
Pfiiet!
Knurps
Knurps
Pfüüü!
Pfiiet!
Haa?!
Ende

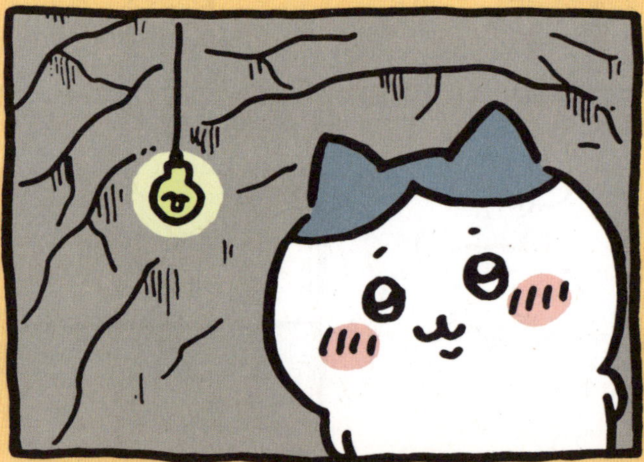

Hachiware

Sphinx

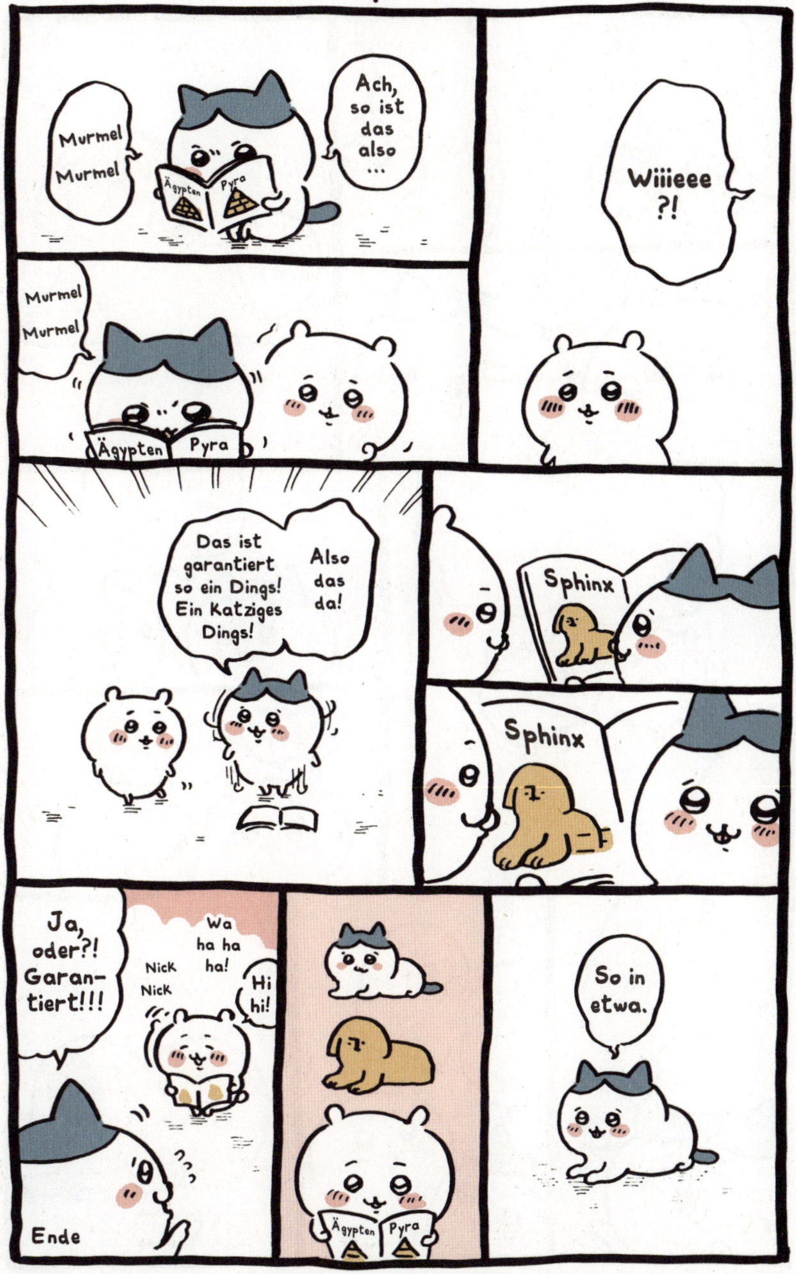
Murmel
Murmel
Ach, so ist das also …
Wiiieee ?!
Murmel
Murmel
Das ist garantiert so ein Dings! Ein Katziges Dings!
Also das da!
Sphinx
Sphinx
Ja, oder?! Garantiert!!!
Wa ha ha ha!
Nick
Nick
Hi hi!
Ende
Ägypten
Pyra
So in etwa.

Ein echtes Exemplar

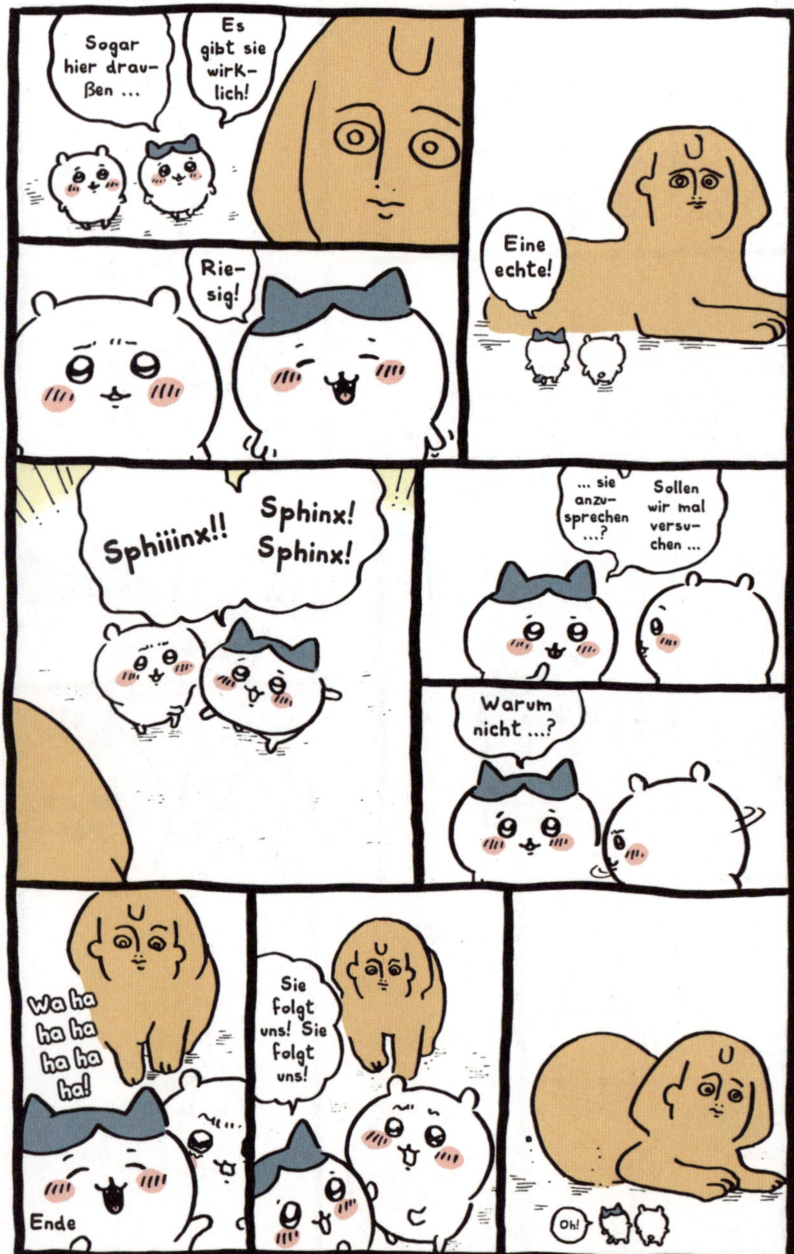

Eine echte!
Es gibt sie wirk-lich!
Sogar hier drau-ßen ...
Rie-sig!
Sollen wir mal versu-chen ...
... sie anzu-sprechen ...?
Warum nicht ...?
Sphinx! Sphinx!
Sphiiinx!!
Oh!
Sie folgt uns! Sie folgt uns!
Wa ha ha ha ha ha ha!
Ende

Der Sushiladen

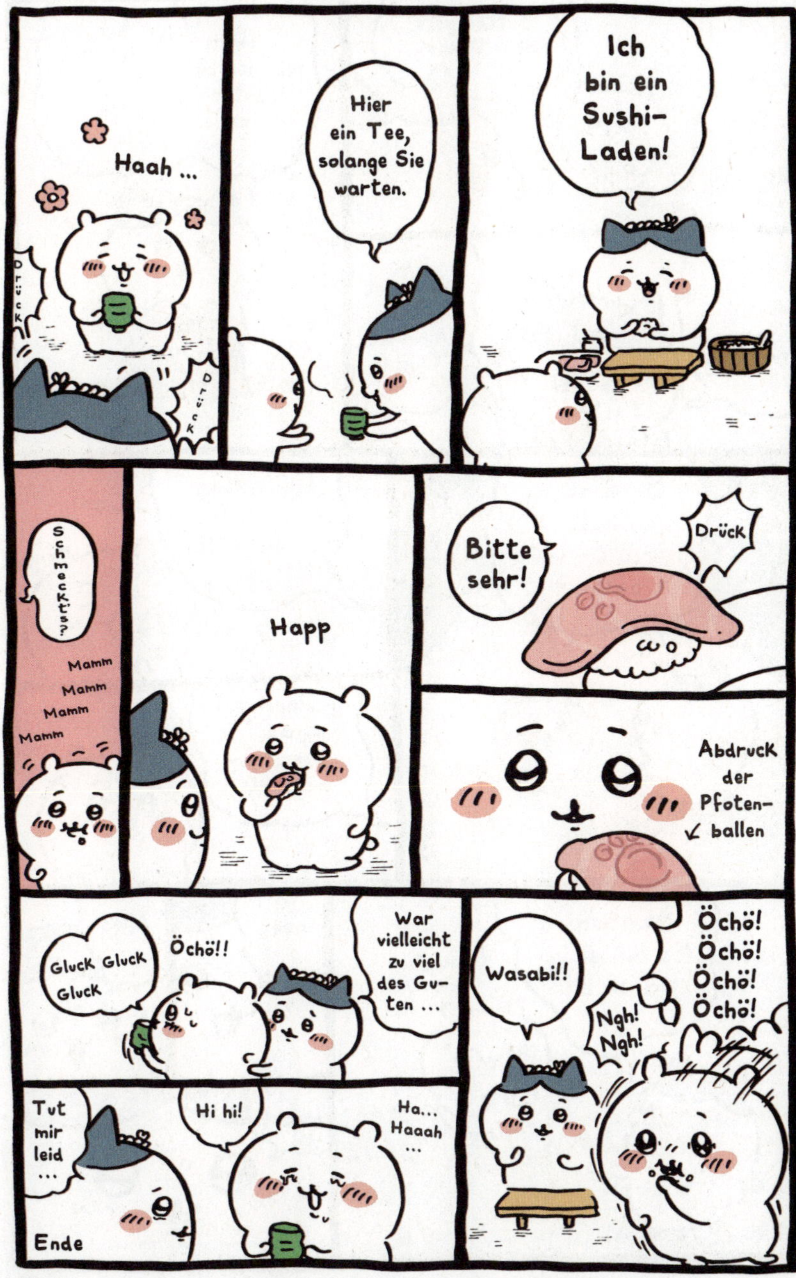
Haah ...
Drück
Drück
Hier ein Tee, solange Sie warten.
Ich bin ein Sushi-Laden!
Schmeckt's?
Mamm
Mamm
Mamm
Mamm
Happ
Bitte sehr!
Drück
Abdruck der Pfotenballen
Gluck Gluck Gluck
Öchö!!
War vielleicht zu viel des Guten ...
Wasabi!!
Öchö! Öchö! Öchö! Öchö!
Ngh! Ngh!
Tut mir leid ...
Hi hi!
Ha... Haaah ...
Ende

Selbstgespräch

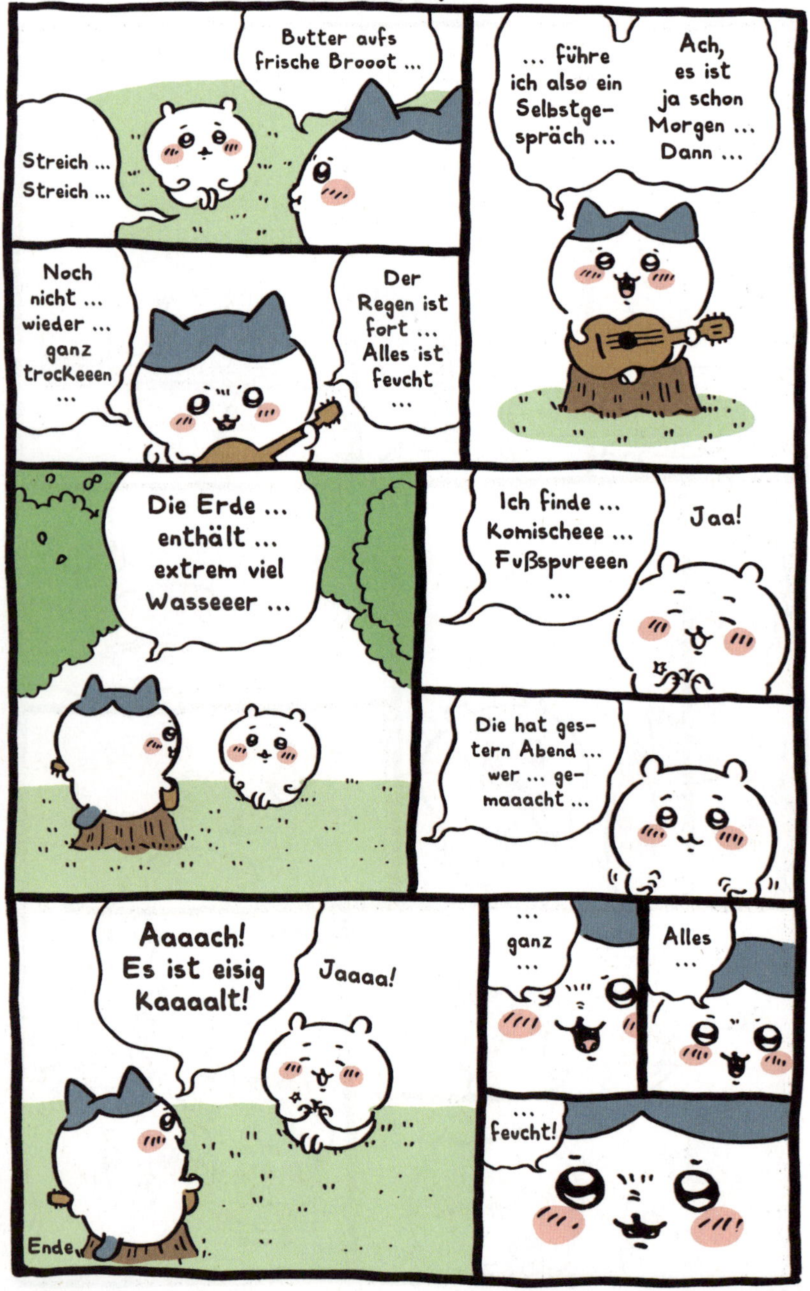
Ach, es ist ja schon Morgen ... Dann ...
... führe ich also ein Selbstgespräch ...
Butter aufs frische Brooot ...
Streich ... Streich ...
Der Regen ist fort ... Alles ist feucht ...
Noch nicht ... wieder ... ganz trocKeeen ...
Jaa!
Ich finde ... Komischeee ... Fußspureeen ...
Die hat gestern Abend ... wer ... gemaaacht ...
Die Erde ... enthält ... extrem viel Wasseeer ...
Alles ...
... ganz ...
... feucht!
Jaaaa!
Aaaach! Es ist eisig Kaaaalt!
Ende

Die Sushi-Box

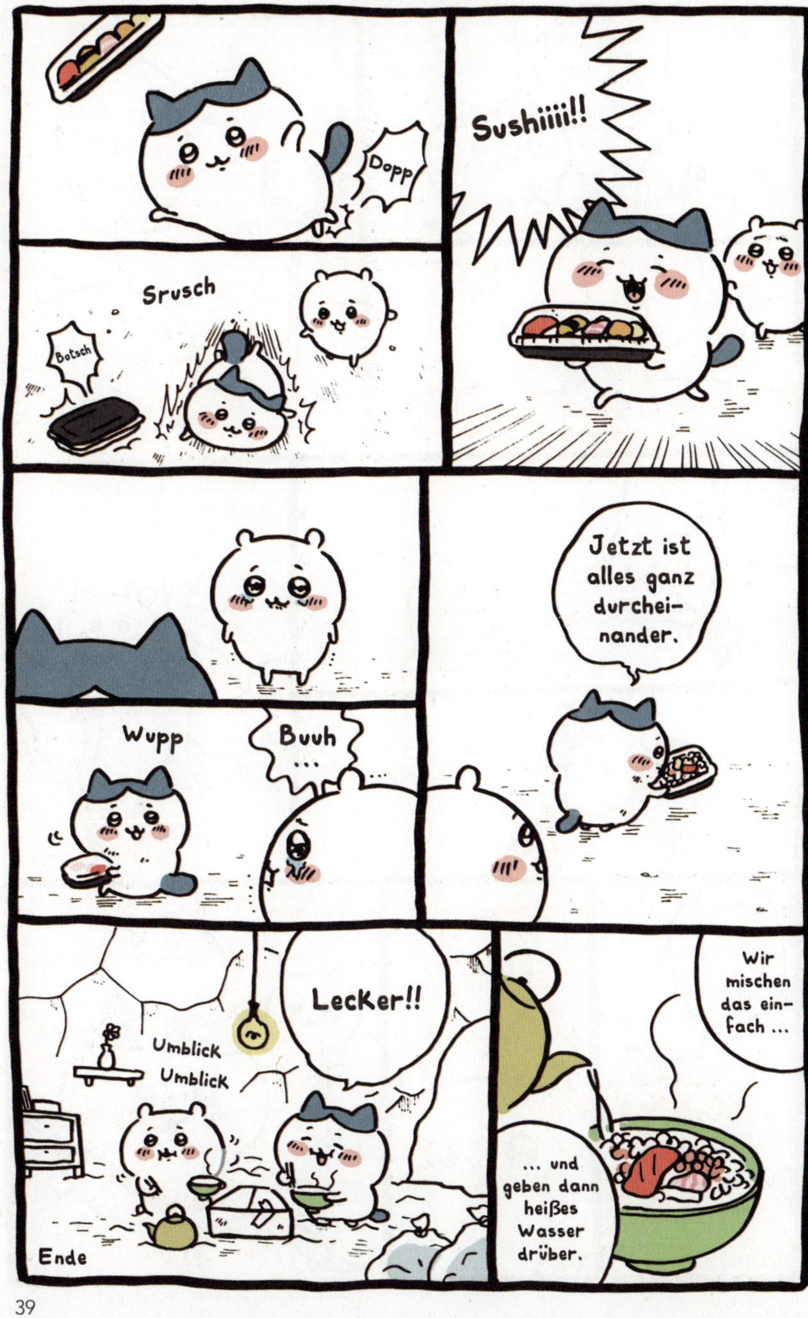
Dopp
Sushiiiii!!
Srusch
Botsch
Jetzt ist alles ganz durchei-nander.
Wupp
Buuh ...
Wir mischen das ein-fach ...
... und geben dann heißes Wasser drüber.
Lecker!!
Umblick
Umblick
Ende

Der Gabelspeer

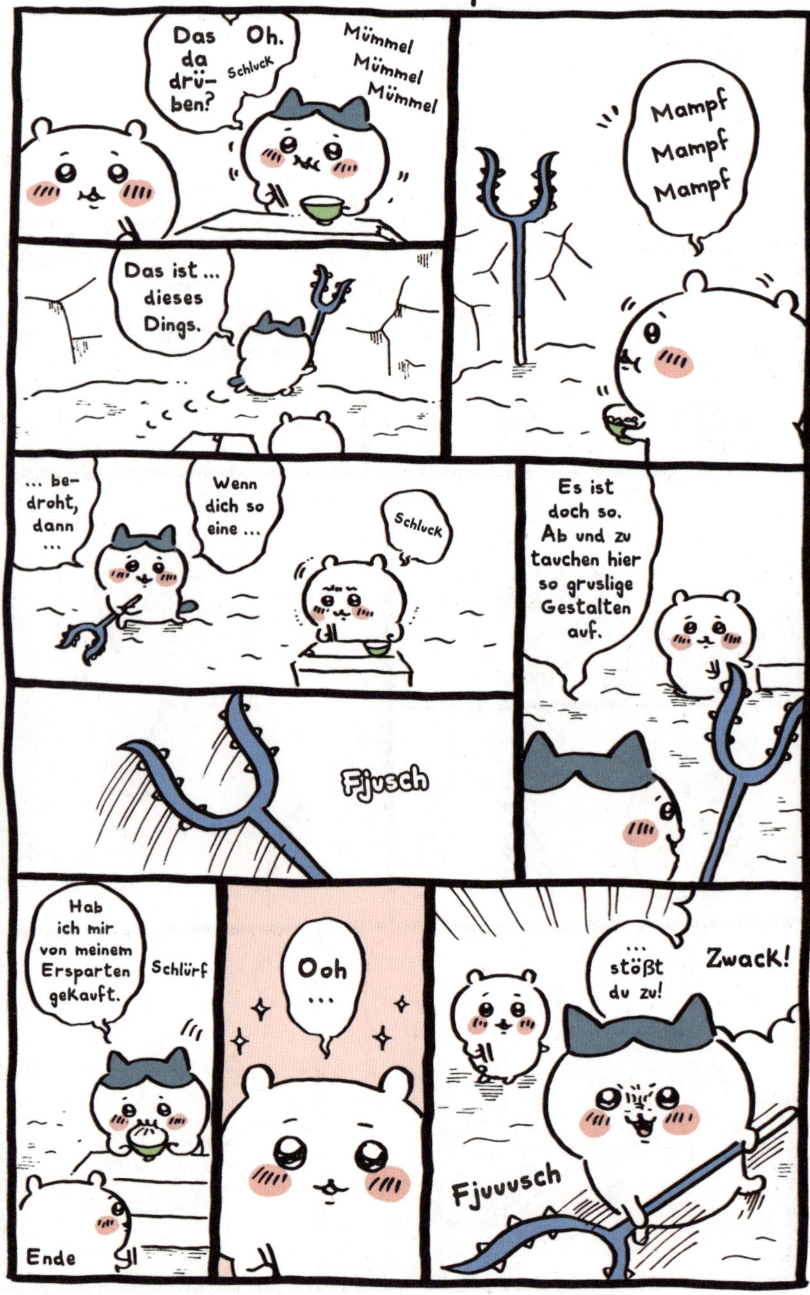

Das da drü-ben?
Oh.
Schluck
Mümmel Mümmel Mümmel
Mampf Mampf Mampf
Das ist ... dieses Dings.
Es ist doch so. Ab und zu tauchen hier so gruslige Gestalten auf.
Wenn dich so eine ...
... be-droht, dann ...
Schluck
Fjusch
... stößt du zu!
Zwack!
Fjuuusch
Ooh ...
Hab ich mir von meinem Ersparten gekauft.
Schlürf
Ende

Freundschaft

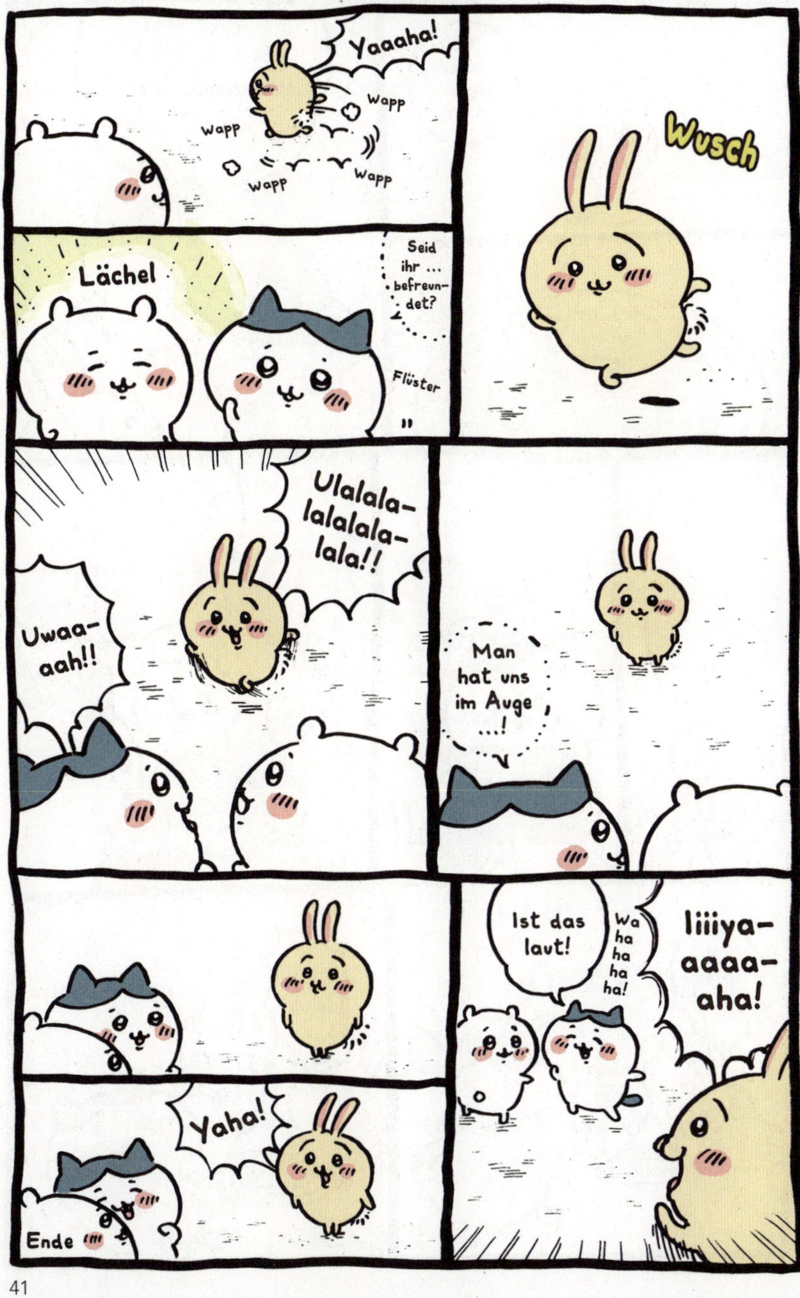

Yaaaha!
Wapp
Wapp
Wapp
Wapp
Lächel
Seid ihr … befreun-det?
Flüster
Wusch
Ulalala-lalalala-lala!!
Uwaa-aah!!
Man hat uns im Auge …!
Ist das laut!
Wa ha ha ha ha!
Iiiiya-aaaa-aha!
Yaha!
Ende

Doppeldecker-Pfannkuchen

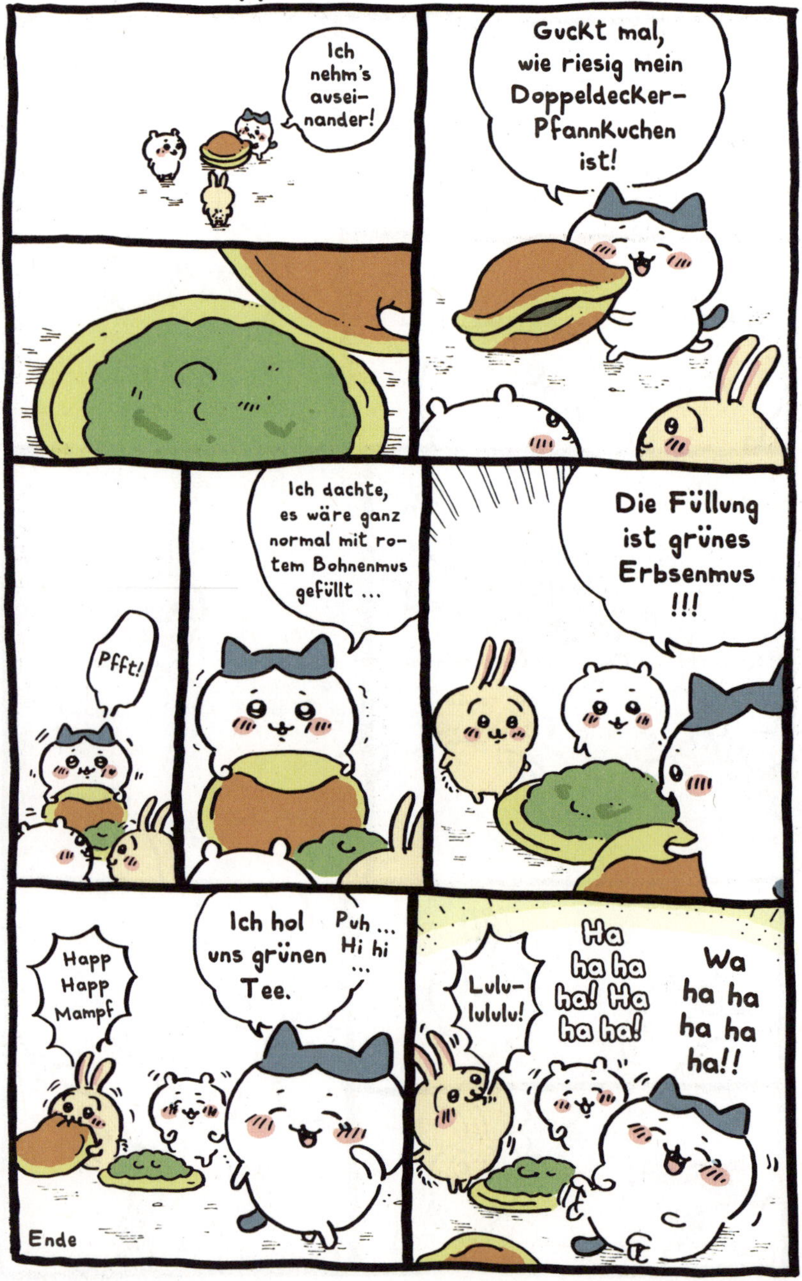

Guckt mal, wie riesig mein Doppeldecker-Pfannkuchen ist!
Ich nehm's ausei-nander!
Die Füllung ist grünes Erbsenmus !!!
Ich dachte, es wäre ganz normal mit ro-tem Bohnenmus gefüllt ...
Pfft!
Wa ha ha ha ha ha!!
Ha ha ha ha! Ha ha ha!
Lulu-lululu!
Puh ... Hi hi ...
Ich hol uns grünen Tee.
Happ Happ Mampf
Ende

GlitzerKarten

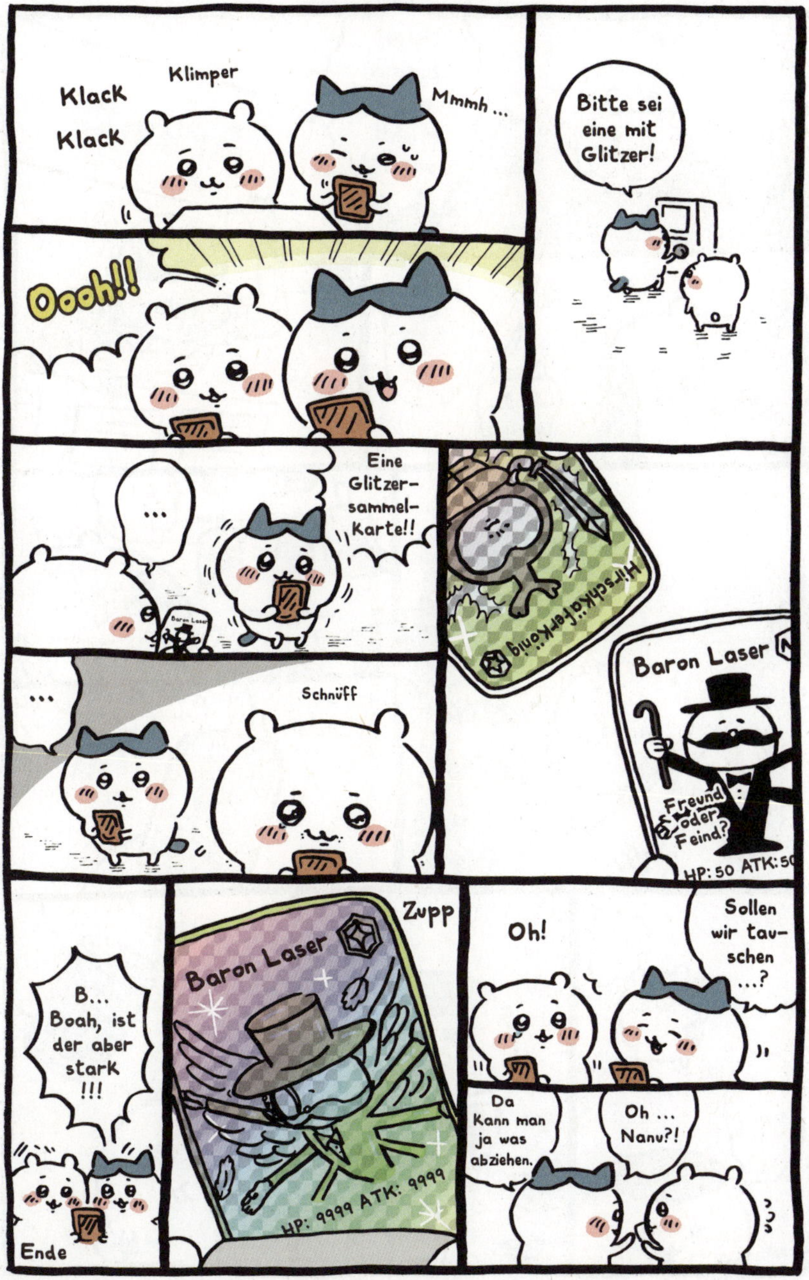

Klack
Klack
Klimper
Mmmh ...
Bitte sei eine mit Glitzer!
Oooh!!
...
Eine Glitzer-sammel-Karte!!
Baron Laser
Hirschkäferkönig
Baron Laser
Freund oder Feind?
HP: 50 ATK: 50
...
Schnüff
Oh!
Sollen wir tau-schen ...?
Da Kann man ja was abziehen.
Oh ... Nanu?!
Zupp
Baron Laser
HP: 9999 ATK: 9999
B... Boah, ist der aber stark !!!
Ende

Unkraut jäten

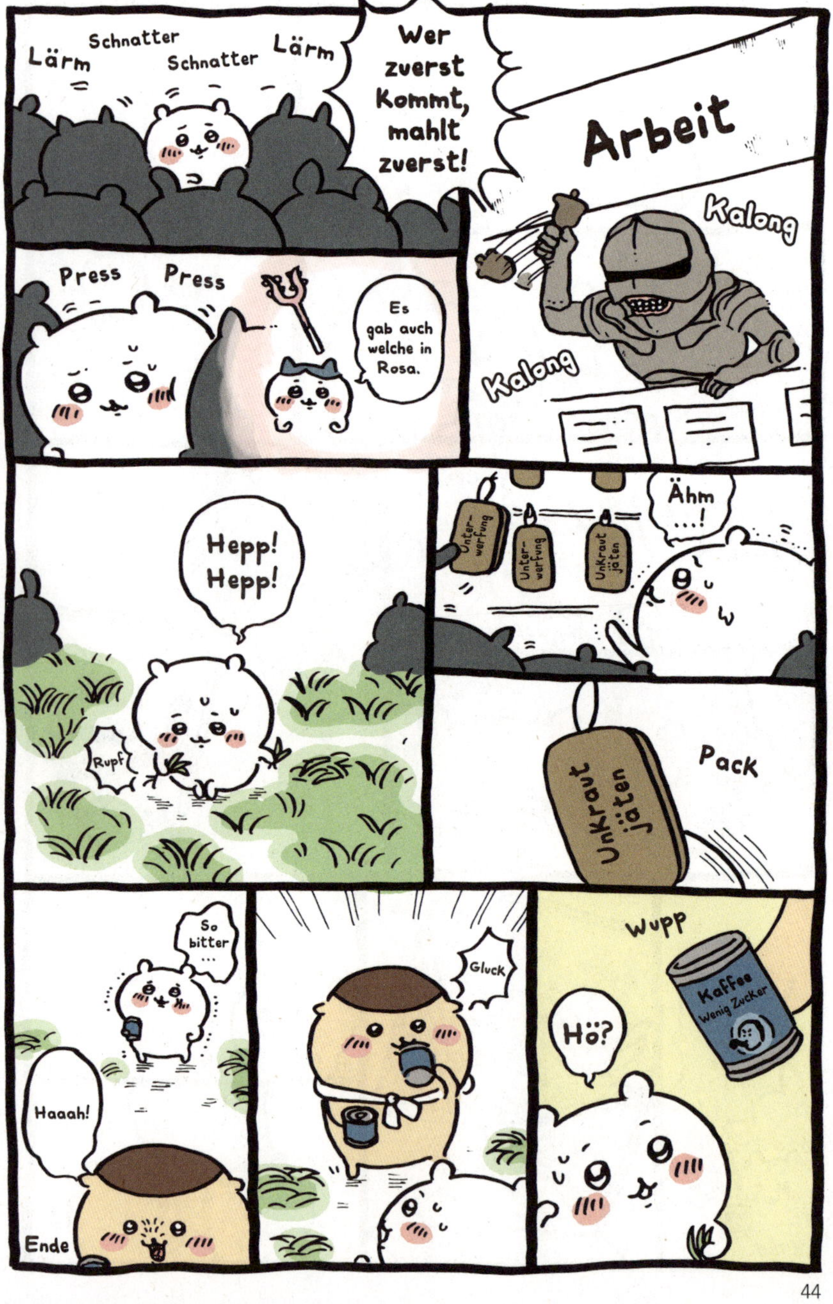
Lärm
Schnatter
Schnatter
Lärm
Wer zuerst kommt, mahlt zuerst!
Arbeit
Kalong
Kalong
Press
Press
Es gab auch welche in Rosa.
Unter-werfung
Unter-werfung
Unkraut jäten
Ähm ...!
Hepp! Hepp!
Rupf
Pack
Unkraut jäten
Wupp
Kaffee
Wenig Zucker
Hö?
Gluck
So bitter ...
Haaah!
Ende

Wir haben beide einen Gabelspeer

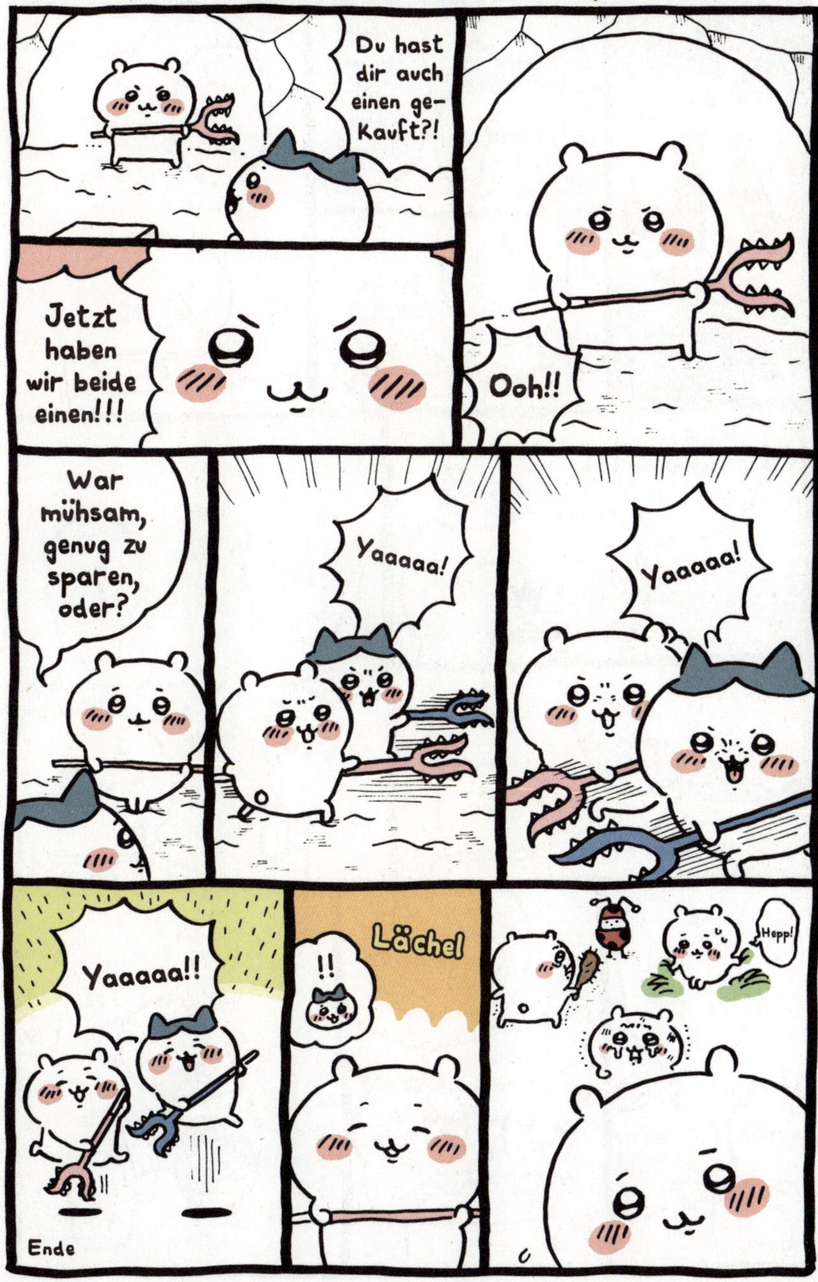
Du hast dir auch einen ge-Kauft?!
Ooh!!
Jetzt haben wir beide einen!!!
War mühsam, genug zu sparen, oder?
Yaaaaa!
Yaaaaa!
Yaaaaa!!
Ende
Lächel
!!
Hepp!

Charimela

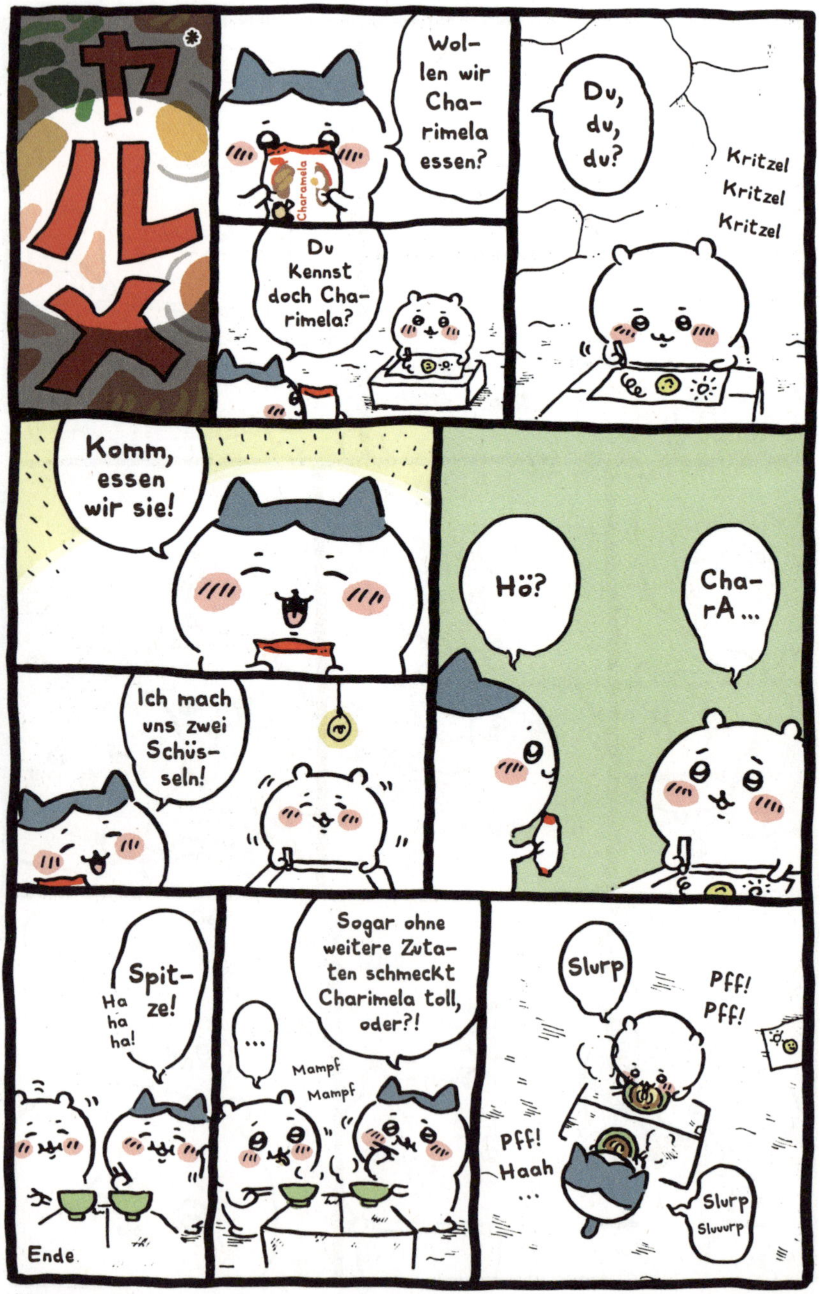
ヤルメ*
Charamela
Wollen wir Charimela essen?
Du kennst doch Charimela?
Du, du, du?
Kritzel Kritzel Kritzel
Komm, essen wir sie!
Hö?
ChaRA ...
Ich mach uns zwei Schüsseln!
Sogar ohne weitere Zutaten schmeckt Charimela toll, oder?!
...
Mampf Mampf
Slurp
Pff! Pff!
Pff! Haah ...
Slurp Sluuurp
Spitze!
Ha ha ha!
Ende

*Charamela

Charamela

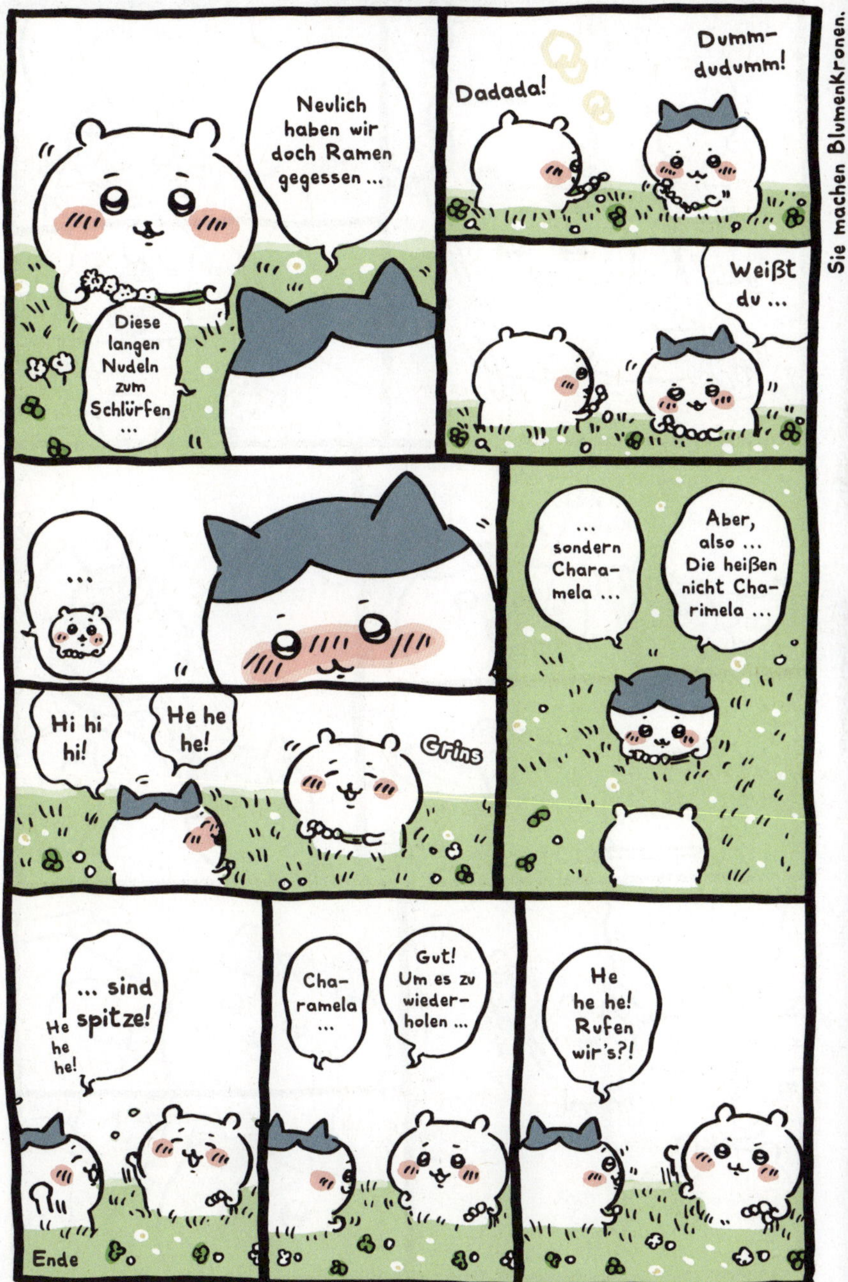
Sie machen Blumenkronen.
Dumm-dudumm!
Dadada!
Weißt du ...
Neulich haben wir doch Ramen gegessen ...
Diese langen Nudeln zum Schlürfen ...
Aber, also ... Die heißen nicht Charimela ...
... sondern Charamela ...
...
He he he!
Hi hi hi!
Grins
He he he! Rufen wir's?!
Gut! Um es zu wiederholen ...
Charamela ...
... sind spitze!
He he he!
Ende

Da ist eines

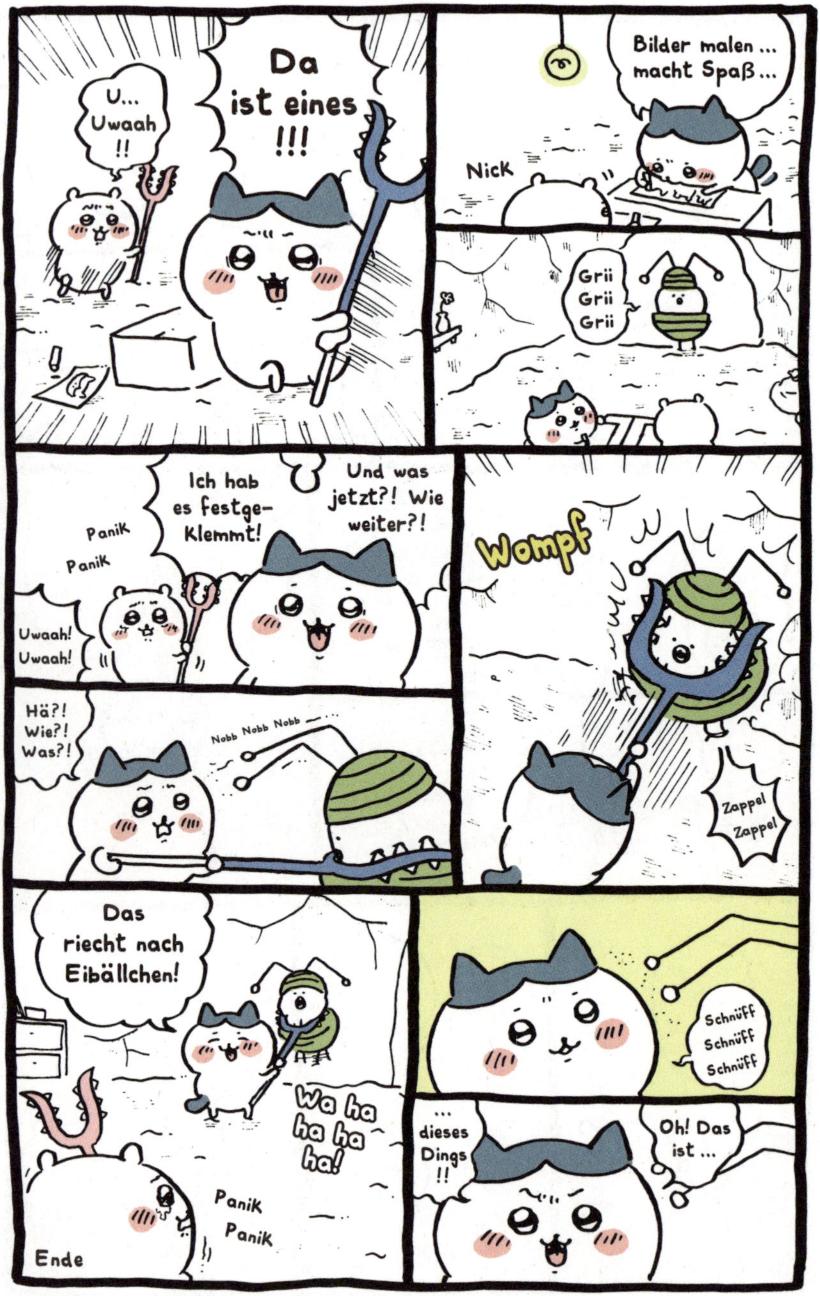
Bilder malen … macht Spaß …
Nick
Grii Grii Grii
Oh! Das ist …
… dieses Dings !!
Da ist eines !!!
U… Uwaah !!
Wompf
Zappel Zappel
Ich hab es festge-Klemmt!
Und was jetzt?! Wie weiter?!
Panik Panik
Uwaah! Uwaah!
Hä?! Wie?! Was?!
Nobb Nobb Nobb …
Schnüff Schnüff Schnüff
Das riecht nach Eibällchen!
Wa ha ha ha ha!
Panik Panik
Ende

Mir geht's wieder besser

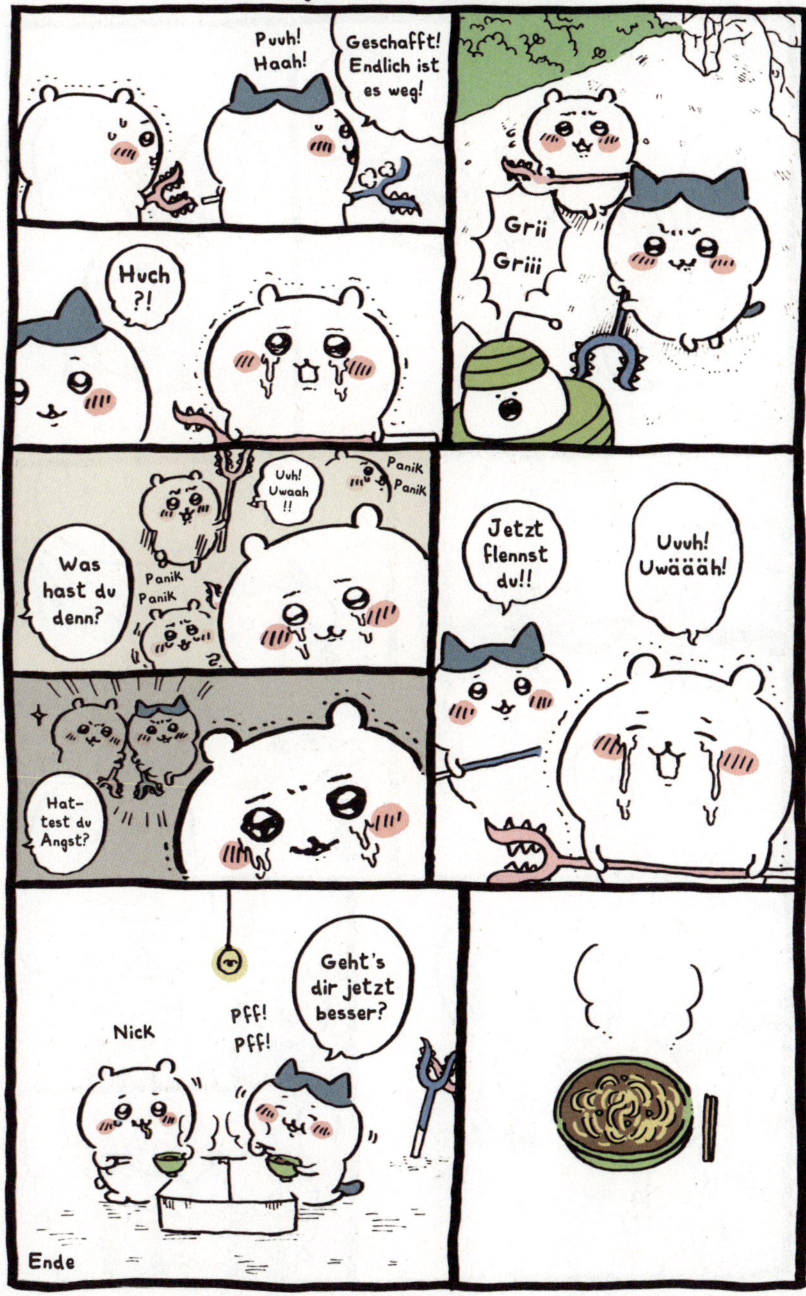

Geschafft! Endlich ist es weg!
Puuh! Haah!
Grii Griii
Huch ?!
Uuh! Uwaah !!
Panik Panik
Was hast du denn?
Panik Panik
Uuuh! Uwäääh!
Jetzt flennst du!!
Hat-test du Angst?
Geht's dir jetzt besser?
Pff! Pff!
Nick
Ende

Essig-Tang

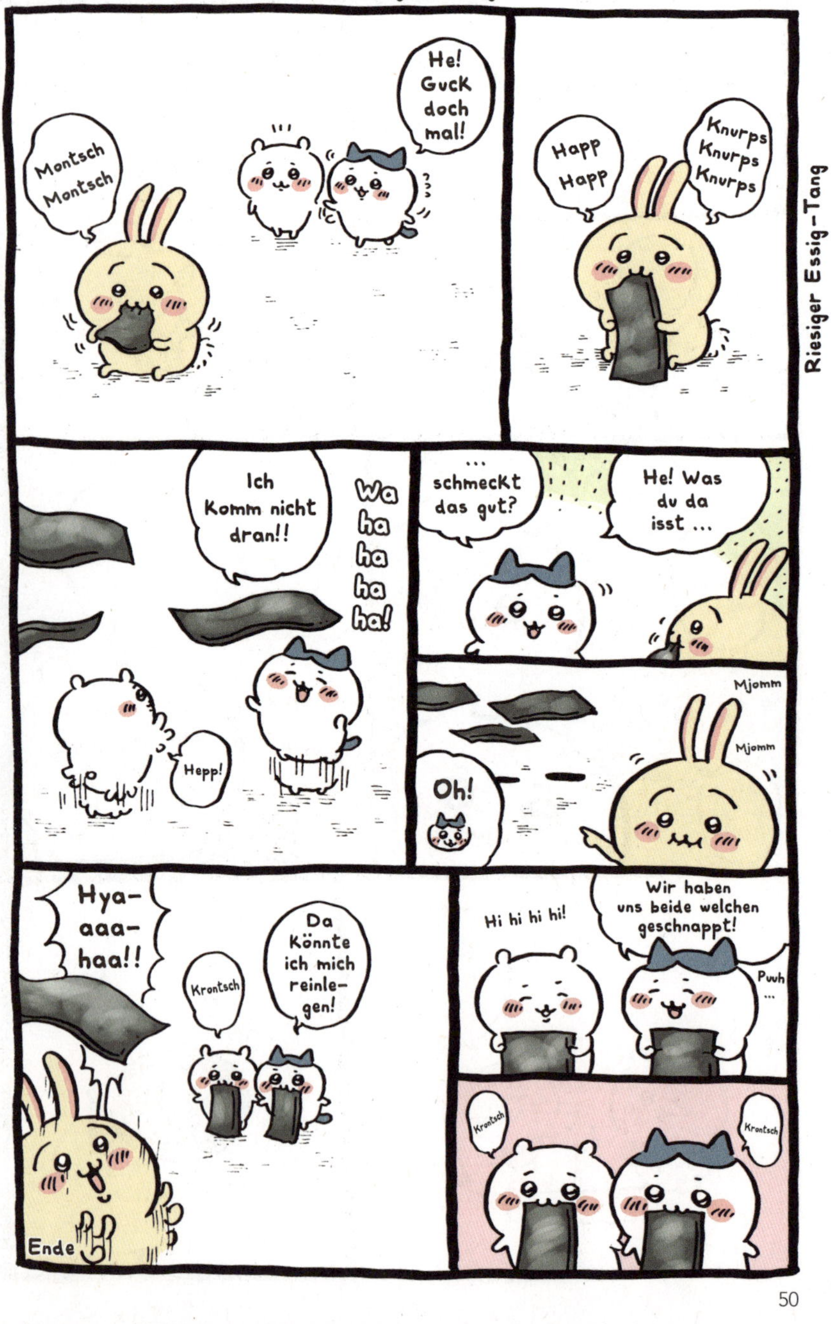
Riesiger Essig-Tang
Montsch Montsch
He! Guck doch mal!
Happ Happ
Knurps Knurps Knurps
Ich Komm nicht dran!!
Wa ha ha ha ha!
Hepp!
... schmeckt das gut?
He! Was du da isst ...
Mjomm
Mjomm
Oh!
Hya-aaa-haa!!
Krontsch
Da Könnte ich mich reinlegen!
Ende
Hi hi hi hi!
Wir haben uns beide welchen geschnappt!
Puuh ...
Krontsch
Krontsch

Haarballen

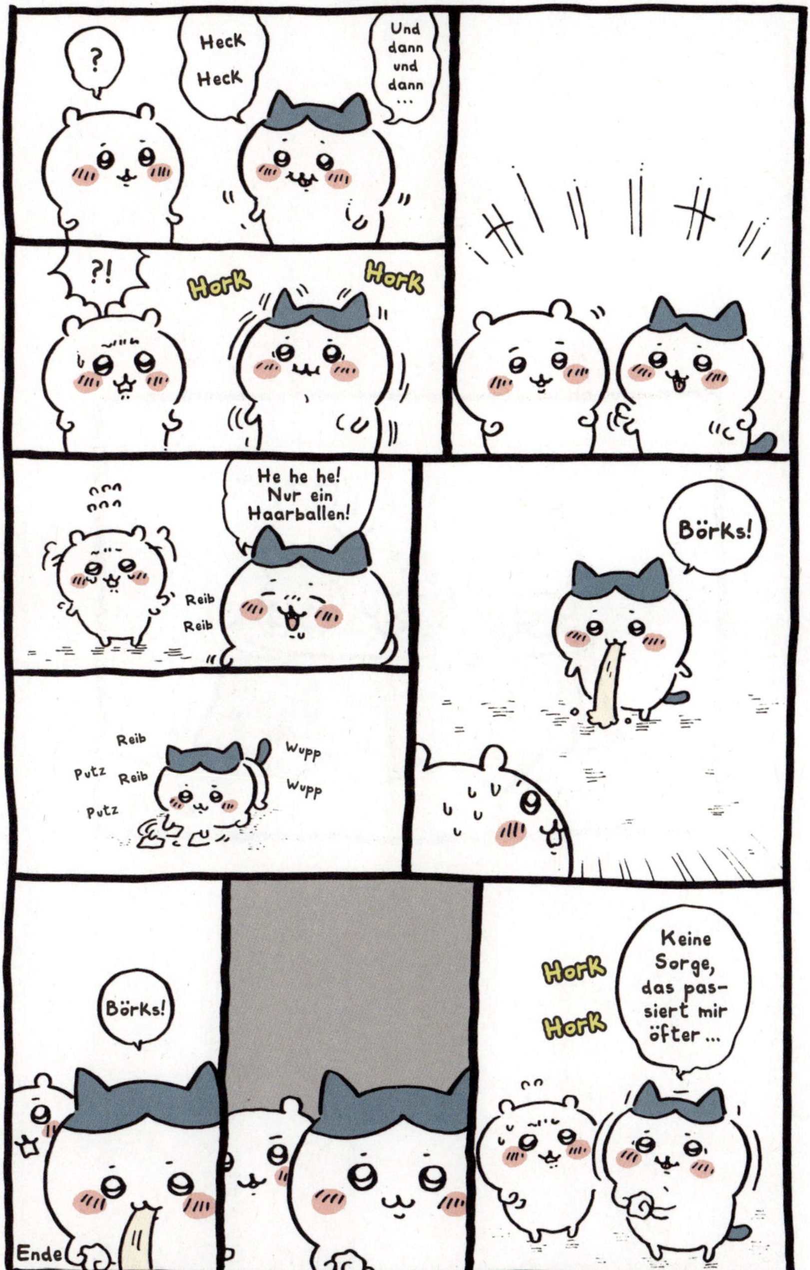

Und dann und dann ...
Heck Heck
?
Hork Hork
?!
Börks!
He he he! Nur ein Haarballen!
Reib Reib
Wupp Wupp
Reib Putz Reib Putz
Keine Sorge, das passiert mir öfter ...
Hork Hork
Börks!
Ende

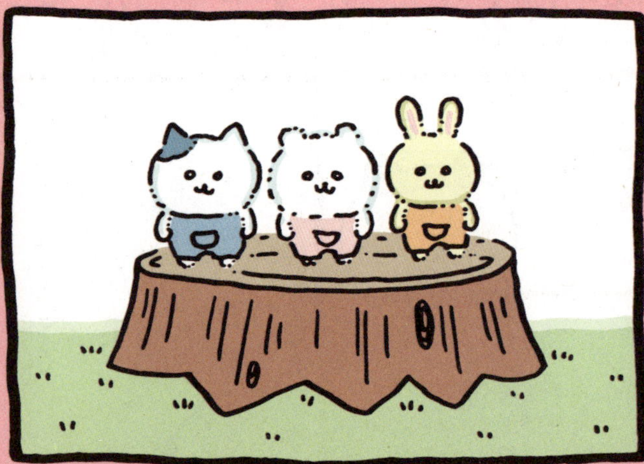

Dings-vanians

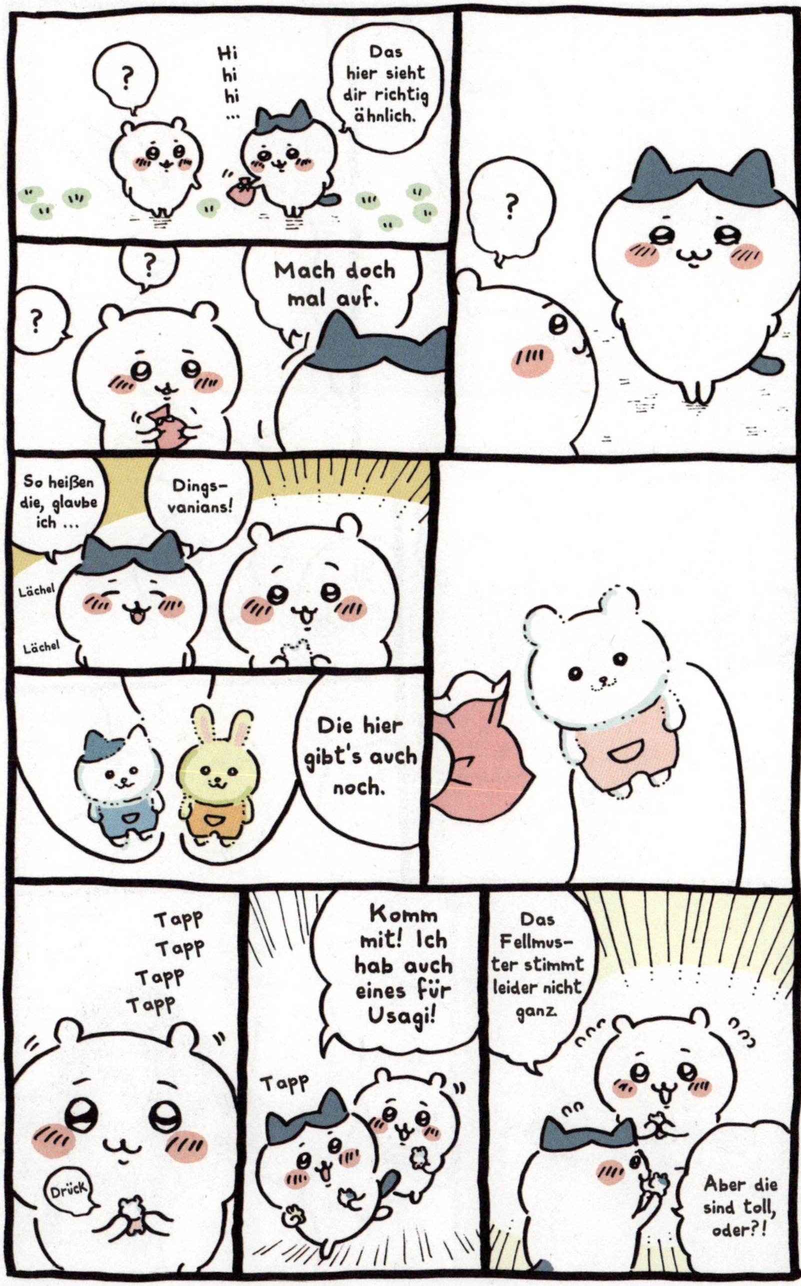
?
Hi hi hi …
Das hier sieht dir richtig ähnlich.
?
?
Mach doch mal auf.
?
So heißen die, glaube ich …
Dings-vanians!
Lächel
Lächel
Die hier gibt's auch noch.
Tapp Tapp Tapp Tapp
Drück
Komm mit! Ich hab auch eines für Usagi!
Tapp
Das Fellmus-ter stimmt leider nicht ganz
Aber die sind toll, oder?!

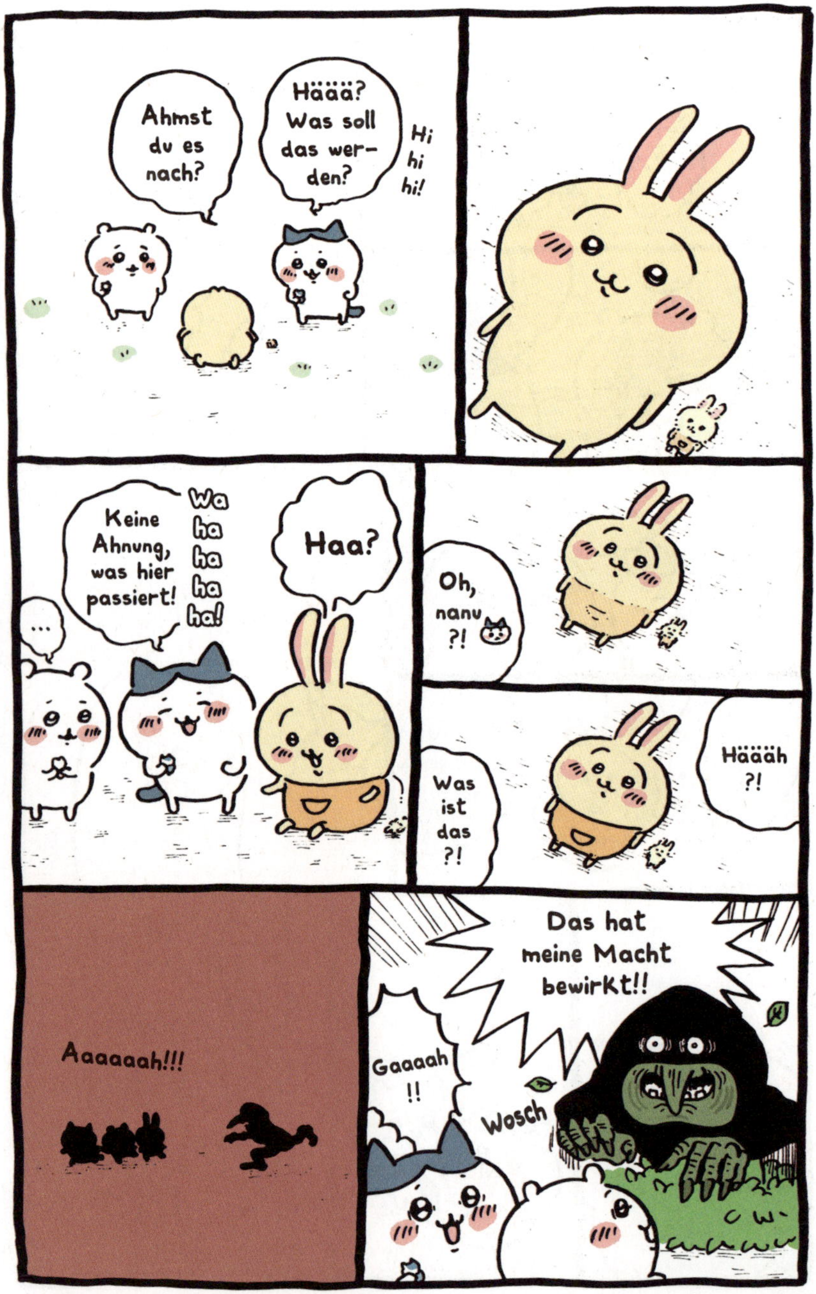
Ahmst du es nach?
Häää? Was soll das werden?
Hi hi hi!
Keine Ahnung, was hier passiert!
Wa ha ha ha ha!
Haa?
...
Oh, nanu ?!
Häääh ?!
Was ist das ?!
Aaaaaah!!!
Das hat meine Macht bewirkt!!
Gaaaah !!
Wosch

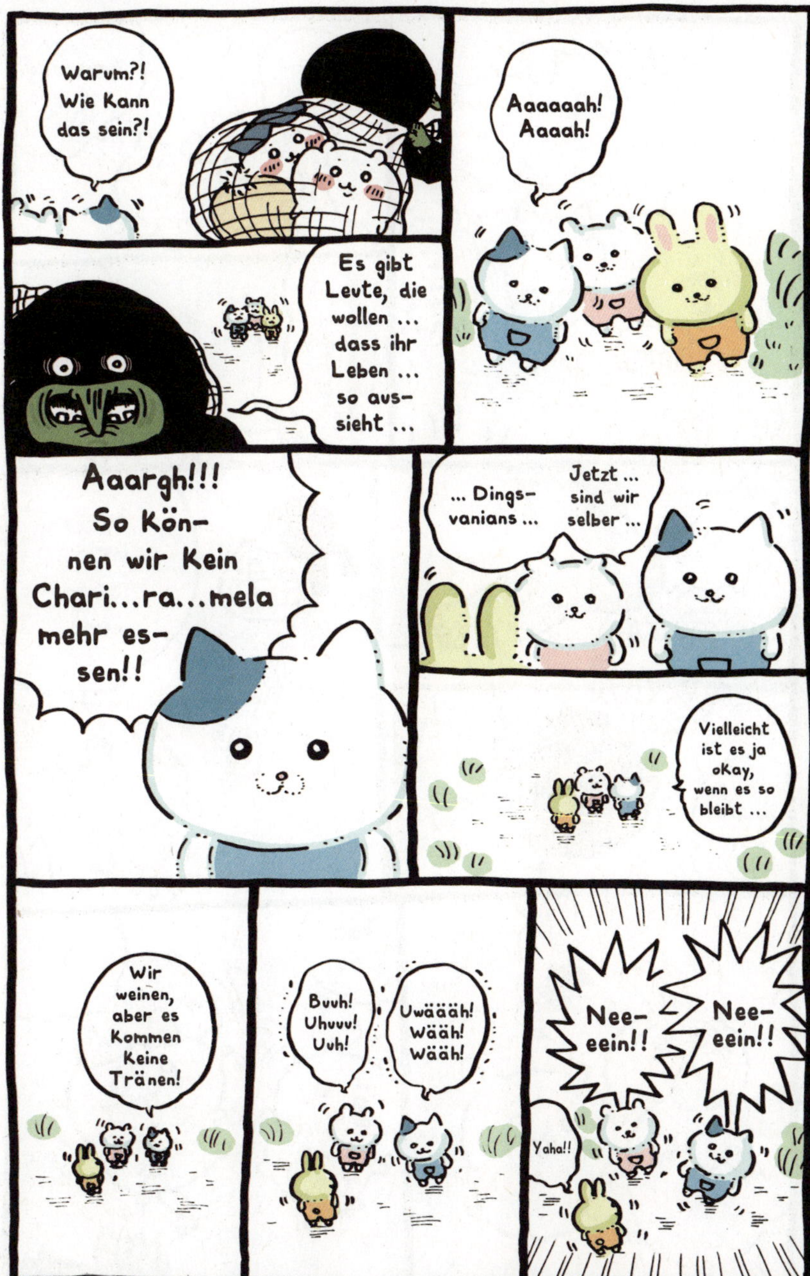
Warum?! Wie Kann das sein?!
Aaaaaah! Aaaah!
Es gibt Leute, die wollen … dass ihr Leben … so aus-sieht …
Aaargh!!! So Kön-nen wir Kein Chari…ra…mela mehr es-sen!!
… Dings-vanians …
Jetzt … sind wir selber …
Vielleicht ist es ja oKay, wenn es so bleibt …
Wir weinen, aber es Kommen Keine Tränen!
Buuh! Uhuuu! Uuh!
Uwääääh! Wääh! Wääh!
Nee-eein!!
Nee-eein!!
Yaha!!

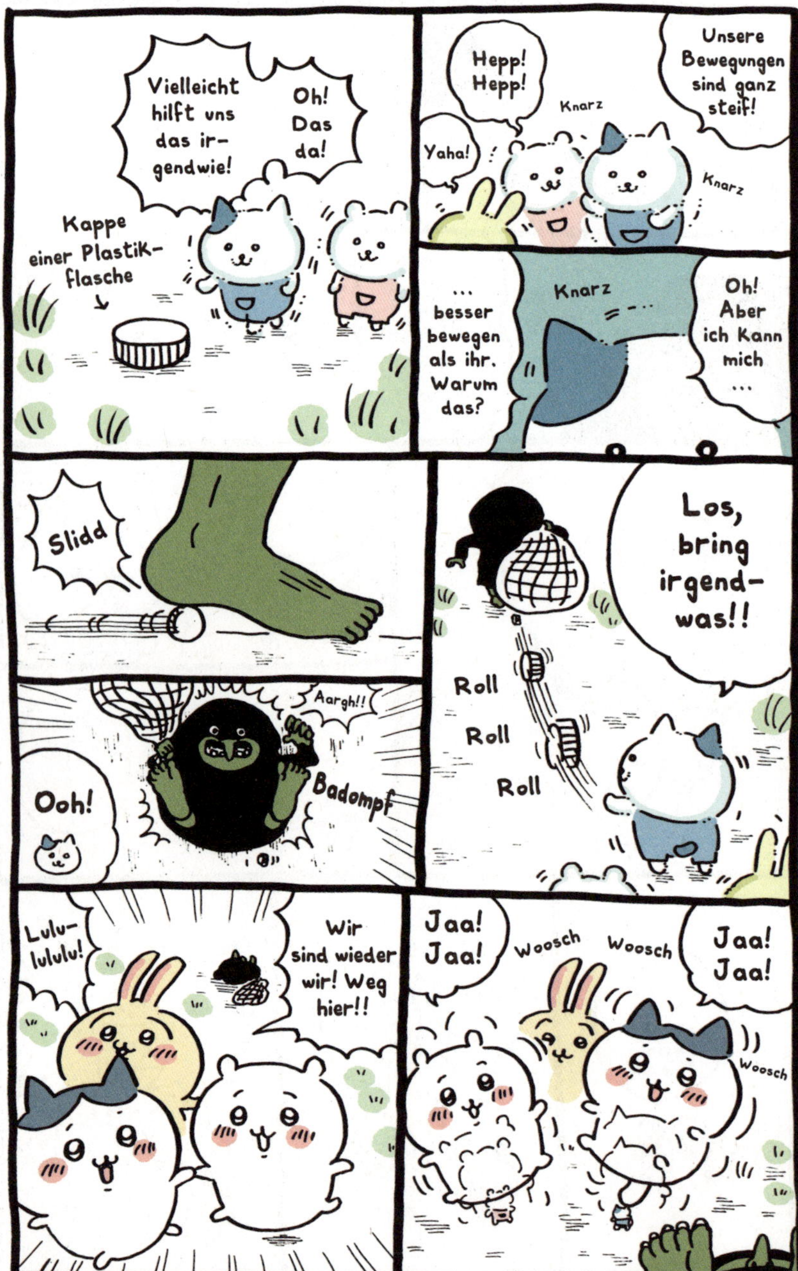
Vielleicht hilft uns das irgendwie!
Oh! Das da!
Kappe einer Plastikflasche
Hepp! Hepp!
Yaha!
Knarz
Unsere Bewegungen sind ganz steif!
Knarz
Oh! Aber ich kann mich …
Knarz
… besser bewegen als ihr. Warum das?
Slidd
Los, bring irgendwas!!
Roll
Roll
Roll
Aargh!!
Ooh!
Badompf
Lululululu!
Wir sind wieder wir! Weg hier!!
Jaa! Jaa!
Woosch
Woosch
Jaa! Jaa!
Woosch

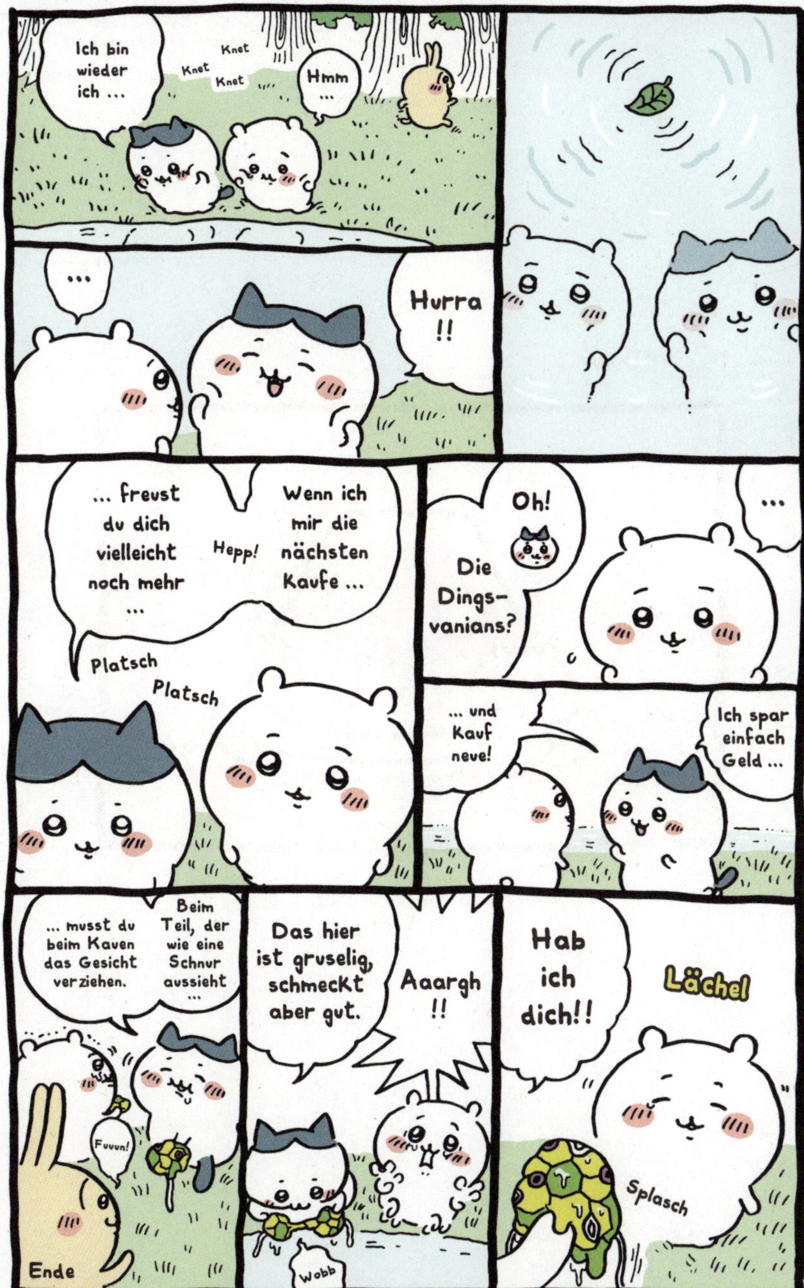

Ich bin wieder ich ...
Knet
Knet
Knet
Hmm ...
...
Hurra !!
Wenn ich mir die nächsten Kaufe ...
... freust du dich vielleicht noch mehr ...
Hepp!
Platsch
Platsch
Oh!
Die Dings-vanians?
...
Ich spar einfach Geld ...
... und Kauf neue!
Beim Teil, der wie eine Schnur aussieht ...
... musst du beim Kauen das Gesicht verziehen.
Fuuun!
Ende
Das hier ist gruselig, schmeckt aber gut.
Aaargh !!
Wobb
Hab ich dich!!
Lächel
Splasch

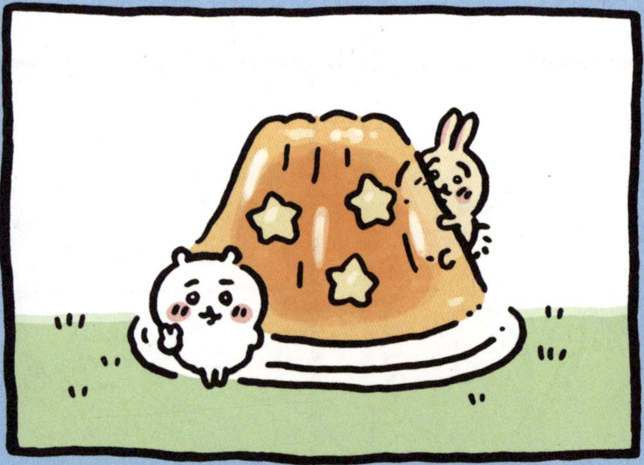

Noch mehr Alltag

Ketchuppasta

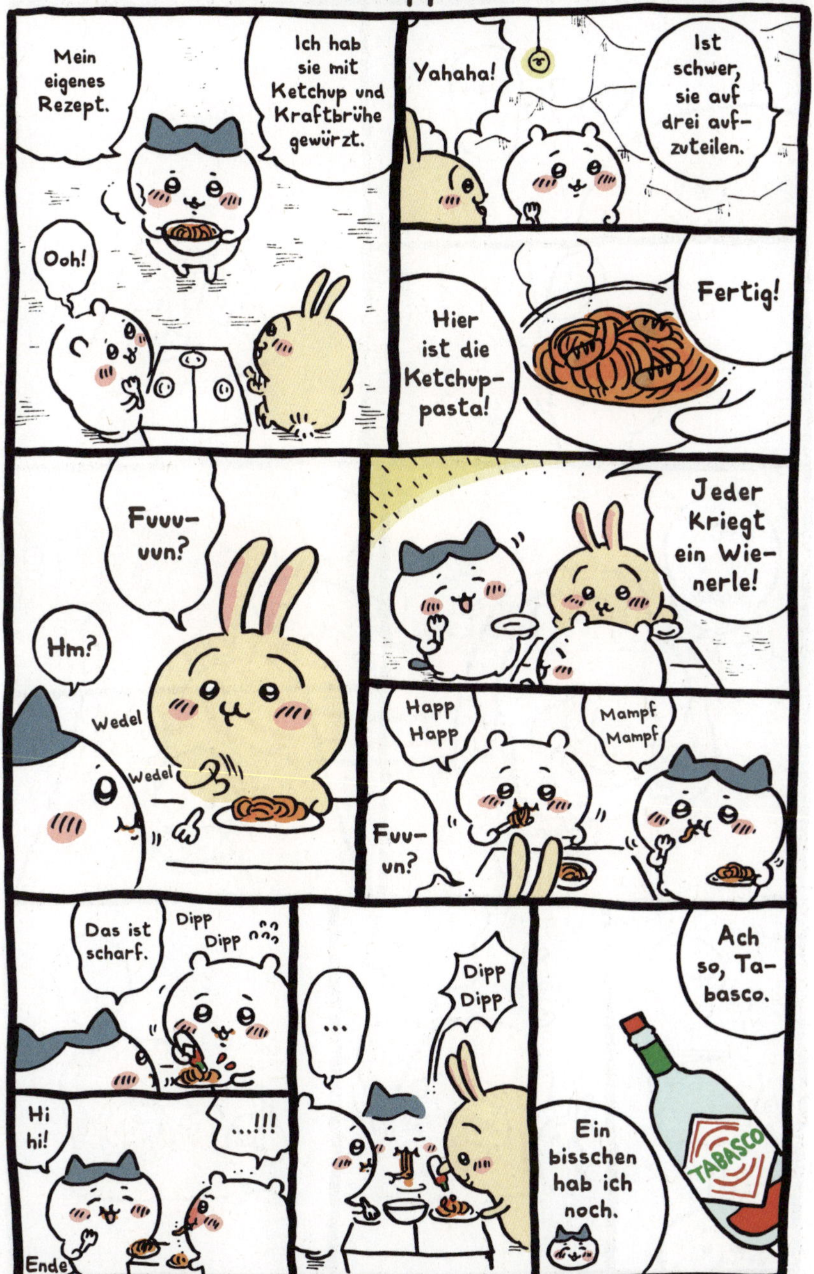
Mein eigenes Rezept.
Ich hab sie mit Ketchup und Kraftbrühe gewürzt.
Ooh!
Yahaha!
Ist schwer, sie auf drei auf-zuteilen.
Fertig!
Hier ist die Ketchup-pasta!
Fuuu-uun?
Hm?
Wedel
Wedel
Jeder kriegt ein Wie-nerle!
Happ Happ
Mampf Mampf
Fuu-un?
Das ist scharf.
Dipp Dipp
Hi hi!
...!!!
Ende
...
Dipp Dipp
Ach so, Ta-basco.
Ein bisschen hab ich noch.
TABASCO

Wackelpudding

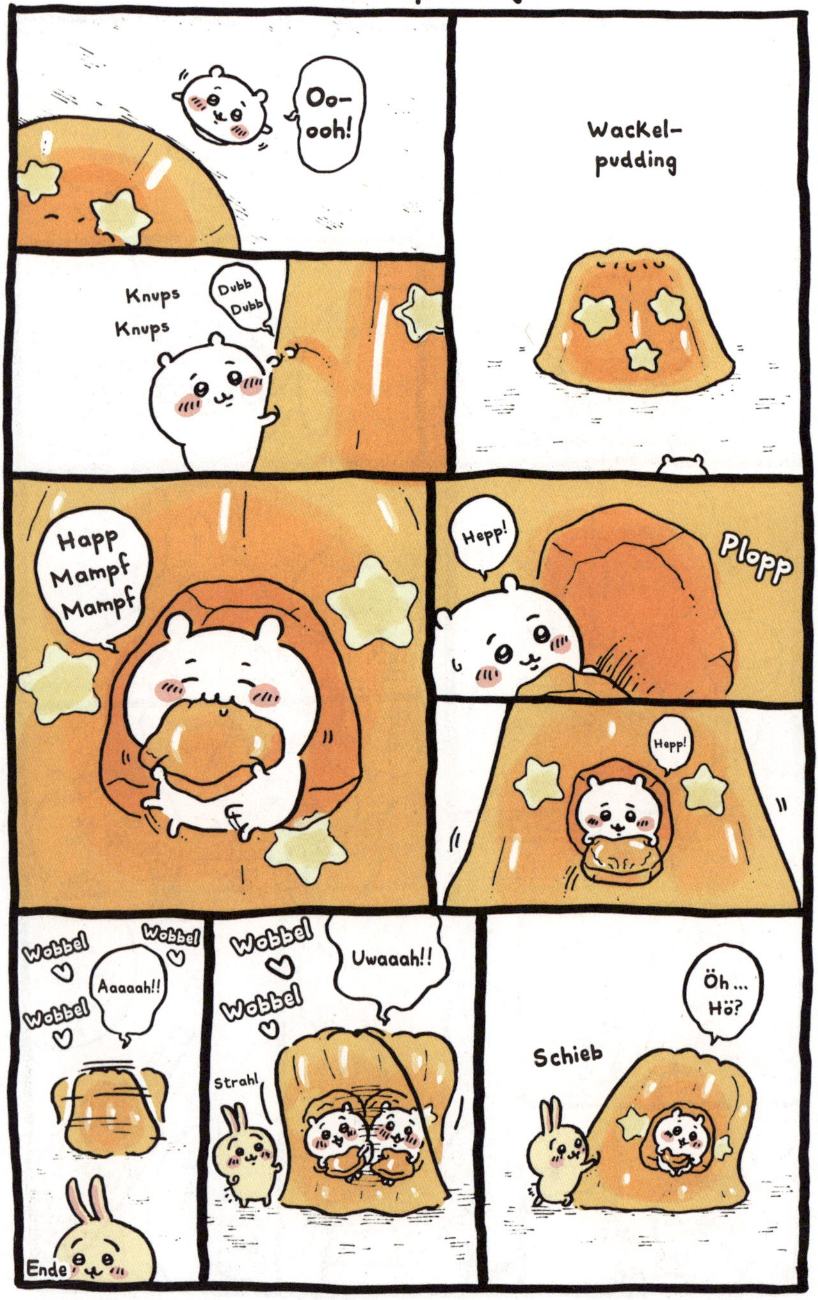
Oo-
ooh!
Wackel-
pudding
Knups
Knups
Dubb
Dubb
Happ
Mampf
Mampf
Hepp!
Plopp
Hepp!
Wobbel
Wobbel
Wobbel
Aaaaah!!
Ende
Wobbel
Wobbel
Uwaaah!!
Strahl
Öh …
Hö?
Schieb

Das Zuhause

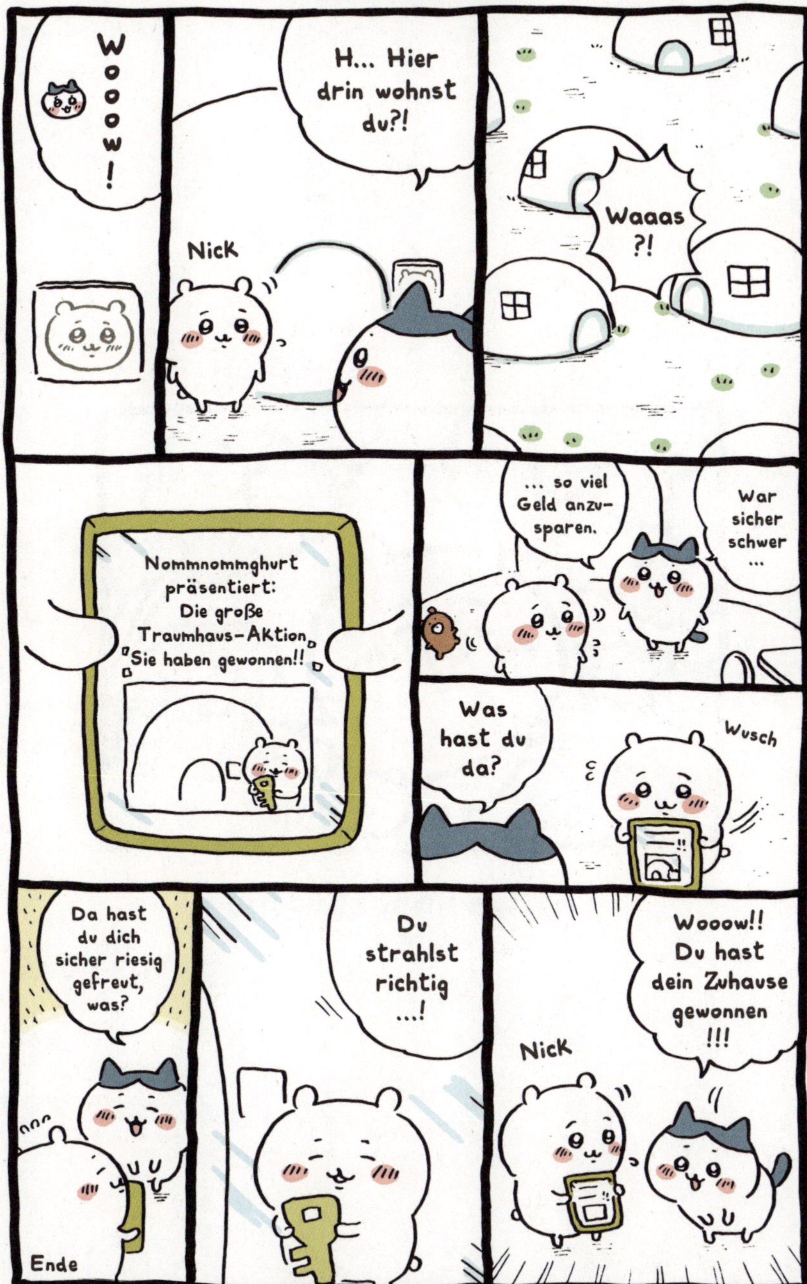

Wooow!
Türschild
H... Hier drin wohnst du?!
Nick
Waaas?!
Nommnommghurt präsentiert: Die große Traumhaus-Aktion Sie haben gewonnen!!
War sicher schwer ...
... so viel Geld anzusparen.
Was hast du da?
Wusch
Wooow!! Du hast dein Zuhause gewonnen!!!
Nick
Du strahlst richtig ...!
Da hast du dich sicher riesig gefreut, was?
Ende

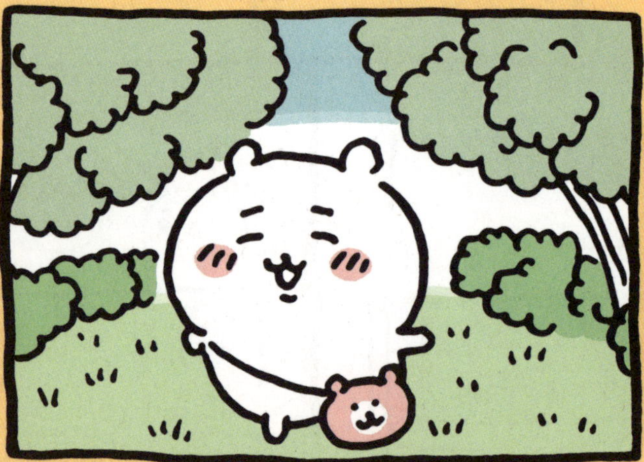

Die Umhängetasche

Die Übernachtung

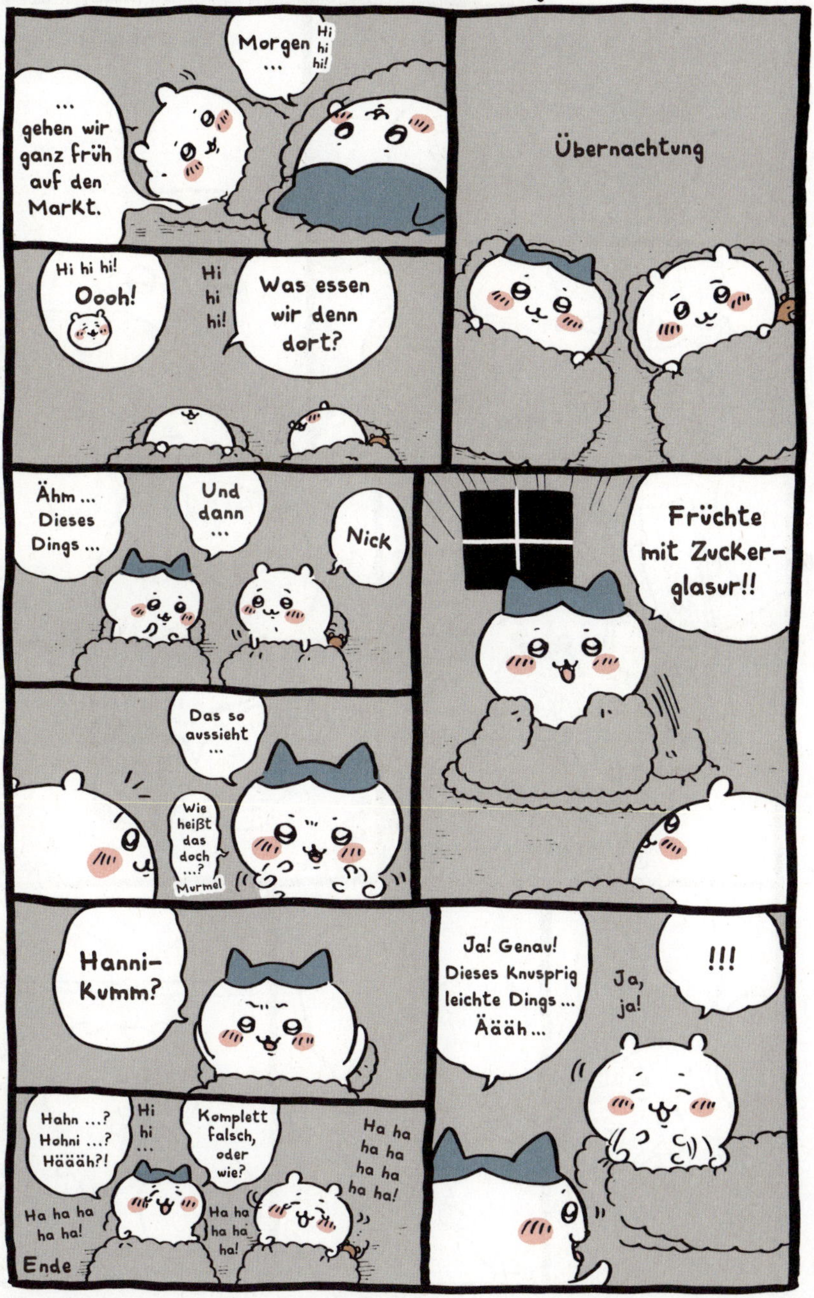
Morgen …
Hi hi hi!
… gehen wir ganz früh auf den Markt.
Hi hi hi! Oooh!
Hi hi hi!
Was essen wir denn dort?
Übernachtung
Ähm … Dieses Dings …
Und dann …
Nick
Das so aussieht …
Wie heißt das doch …?
Murmel
Früchte mit Zucker-glasur!!
Hanni-Kumm?
Ja! Genau! Dieses Knusprig leichte Dings … Äääh …
Ja, ja!
!!!
Hahn …? Hohni …? Häääh?!
Hi hi …
Komplett falsch, oder wie?
Ha ha ha ha ha ha ha ha!
Ha ha ha ha ha!
Ha ha ha ha ha!
Ende

Der Morgenmarkt

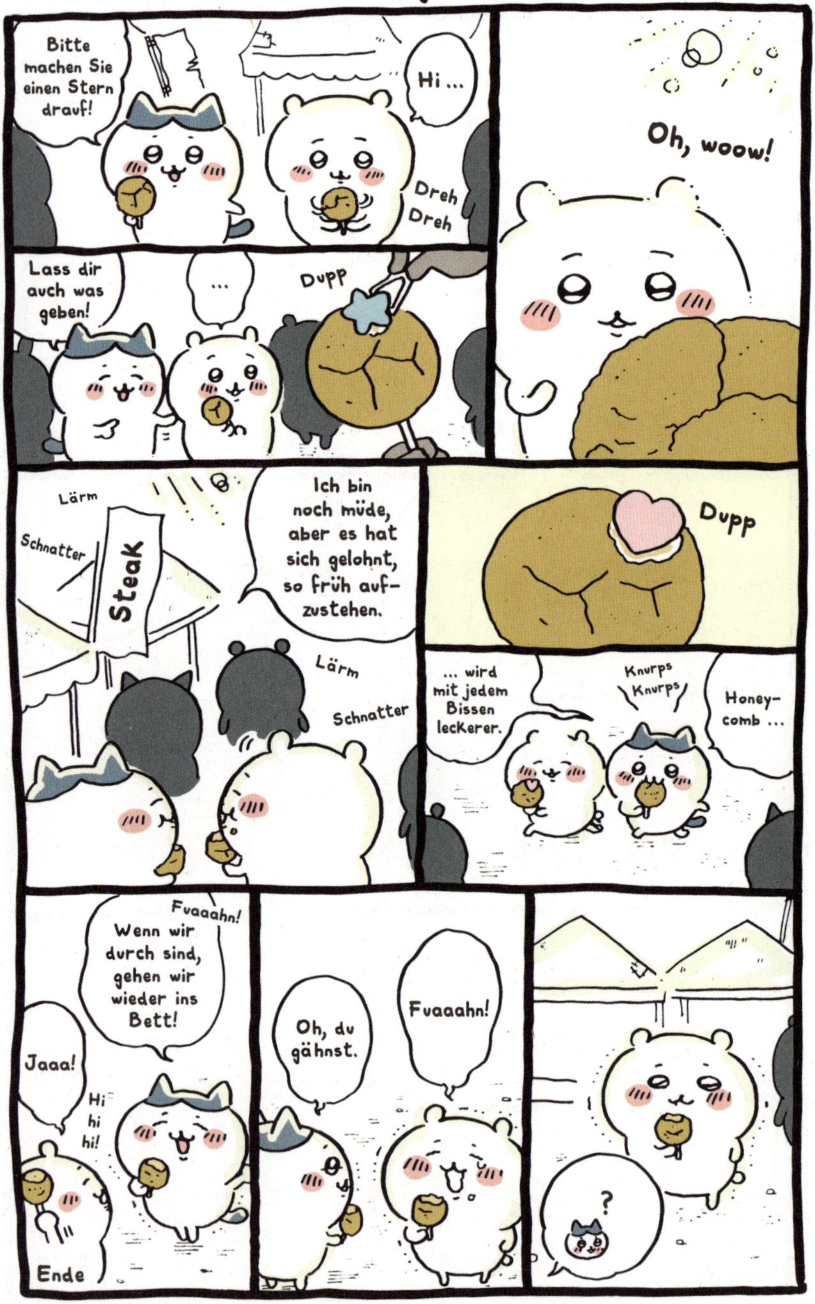
Bitte machen Sie einen Stern drauf!
Hi …
Dreh Dreh
Oh, woow!
Lass dir auch was geben!
…
Dupp
Lärm
Schnatter
Steak
Ich bin noch müde, aber es hat sich gelohnt, so früh aufzustehen.
Lärm
Schnatter
Dupp
… wird mit jedem Bissen leckerer.
Knurps Knurps
Honeycomb …
Fuaaahn!
Wenn wir durch sind, gehen wir wieder ins Bett!
Jaaa!
Hi hi hi!
Ende
Oh, du gähnst.
Fuaaahn!
?

Endlich hab ich's geschafft

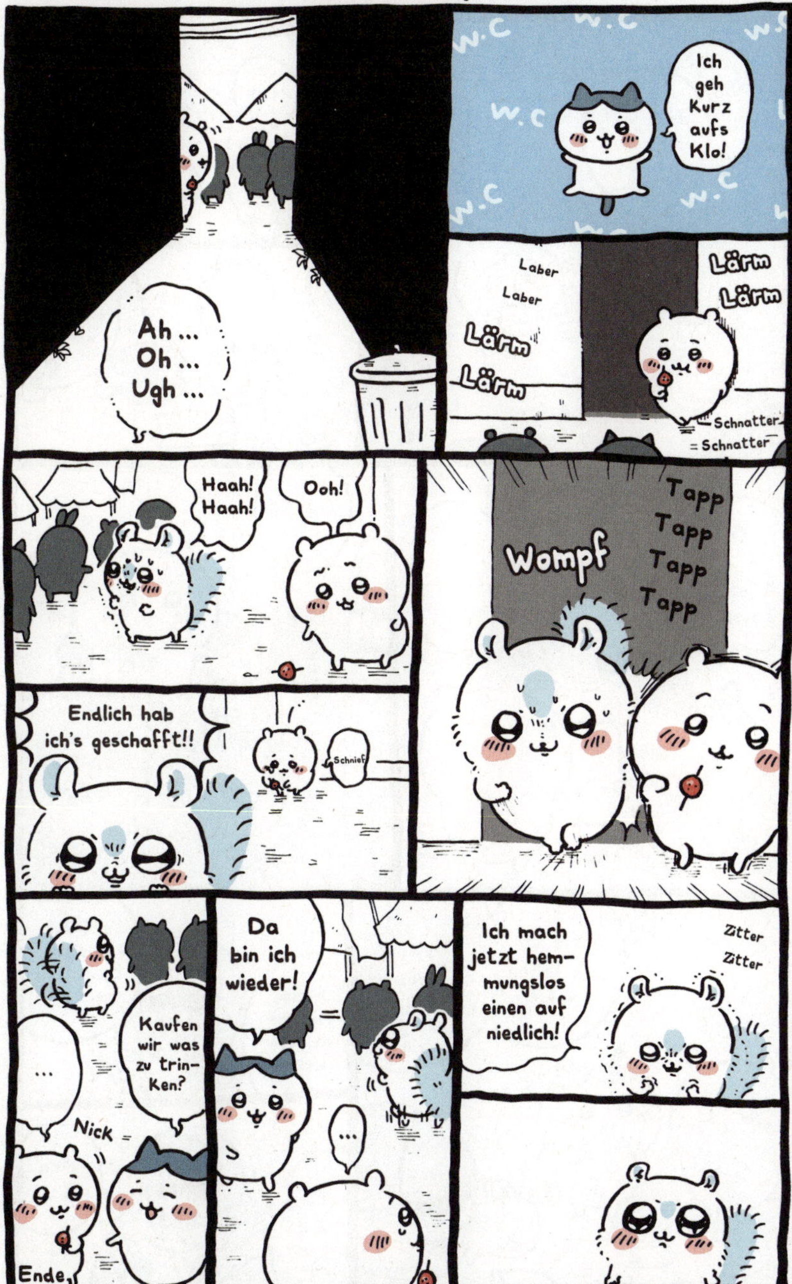
Ich geh kurz aufs Klo!
Laber Laber
Lärm Lärm
Lärm Lärm
Schnatter Schnatter
Ah ... Oh ... Ugh ...
Tapp Tapp Tapp Tapp
Wompf
Ooh!
Haah! Haah!
Schnief
Endlich hab ich's geschafft!!
Zitter Zitter
Ich mach jetzt hemmungslos einen auf niedlich!
Da bin ich wieder!
...
Kaufen wir was zu trinken?
...
Nick
Ende

Die Umhängetasche

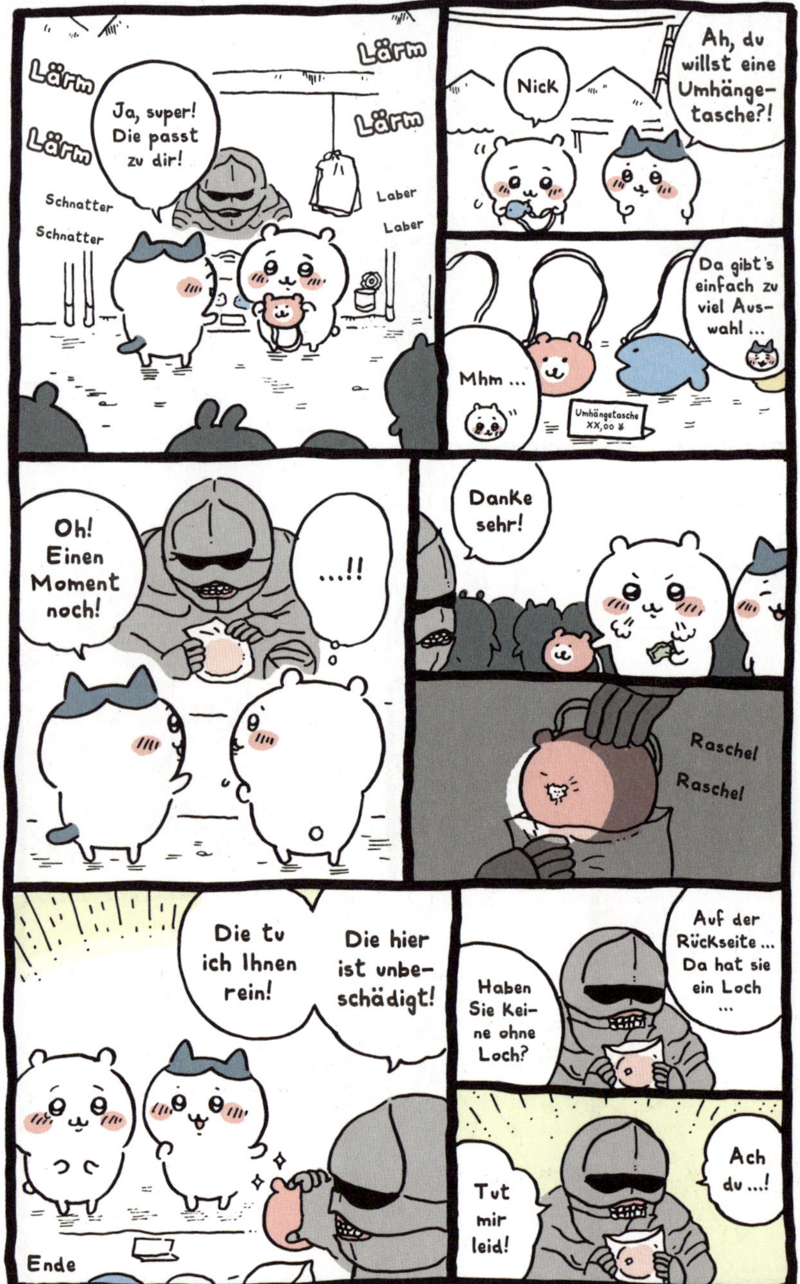

Lärm
Lärm
Lärm
Lärm
Ja, super! Die passt zu dir!
Schnatter
Schnatter
Laber
Laber
Nick
Ah, du willst eine Umhänge-tasche?!
Mhm ...
Da gibt's einfach zu viel Aus-wahl ...
Umhängetasche XX,00 ¥
Oh! Einen Moment noch!
...!!
Danke sehr!
Raschel
Raschel
Auf der Rückseite ... Da hat sie ein Loch ...
Haben Sie Kei-ne ohne Loch?
Ach du ...!
Tut mir leid!
Die hier ist unbe-schädigt!
Die tu ich Ihnen rein!
Ende

Jetzt benutze ich sie

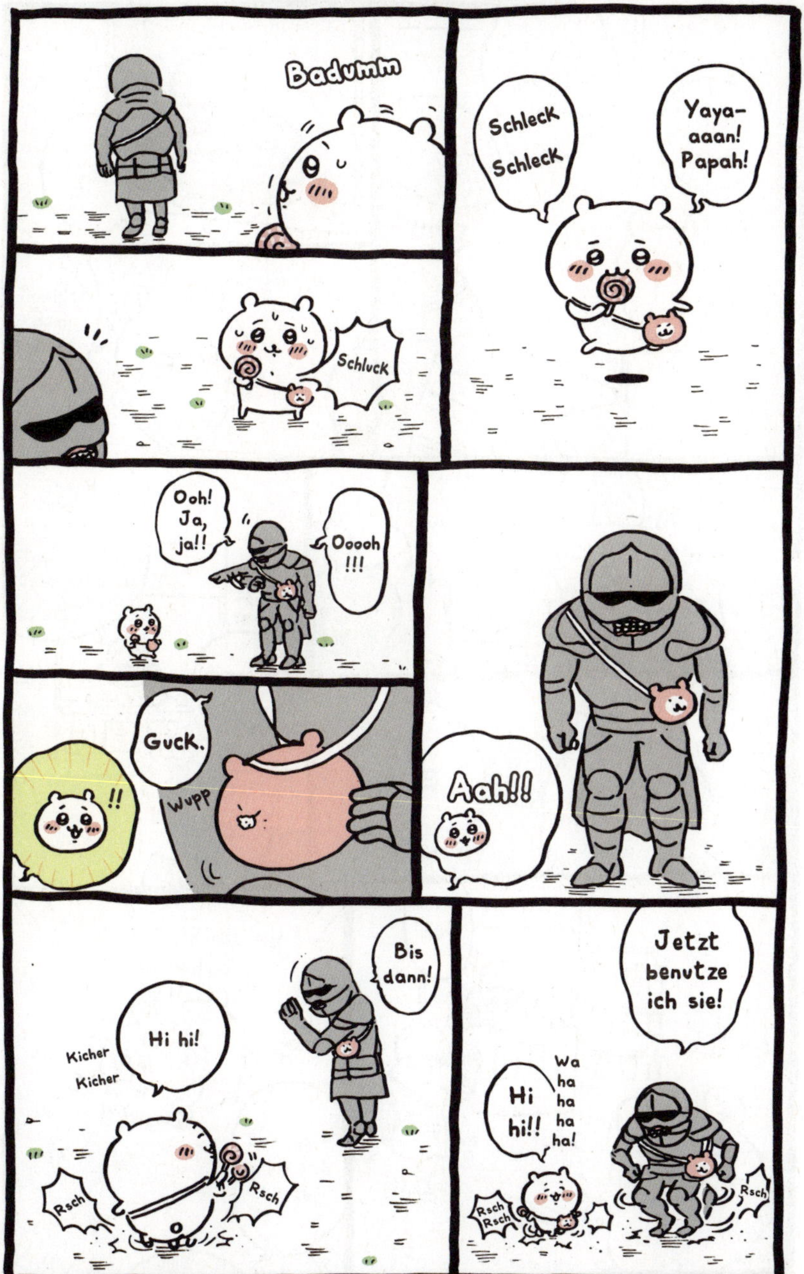

Badumm
Schluck
Schleck Schleck
Yaya-aaan! Papah!
Ooh! Ja, ja!!
Ooooh !!!
Aah!!
Guck.
Wupp
!!
Bis dann!
Hi hi!
Kicher Kicher
Rsch
Rsch
Jetzt benutze ich sie!
Hi hi!!
Wa ha ha ha ha!
Rsch Rsch
Rsch

Du machst einen auf niedlich?

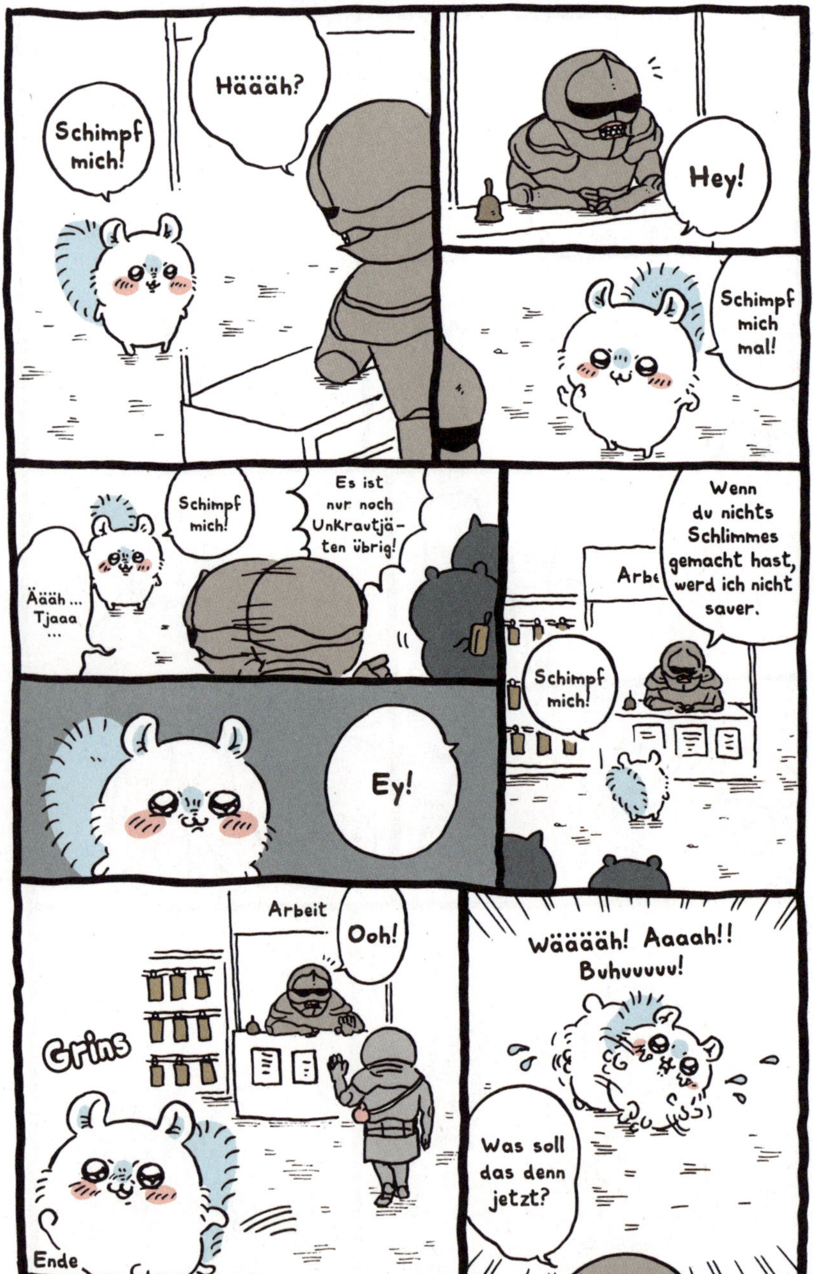
Schimpf mich!
Häääh?
Hey!
Schimpf mich mal!
Schimpf mich!
Es ist nur noch Unkrautjäten übrig!
Äääh … Tjaaa …
Wenn du nichts Schlimmes gemacht hast, werd ich nicht sauer.
Arbe
Schimpf mich!
Ey!
Arbeit
Ooh!
Grins
Ende
Wääääh! Aaaah!! Buhuuuuu!
Was soll das denn jetzt?

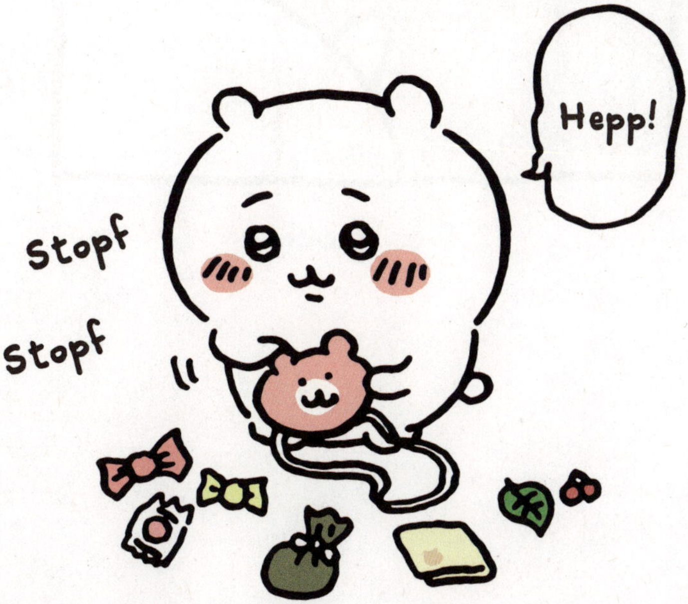
Hepp!
Stopf
Stopf

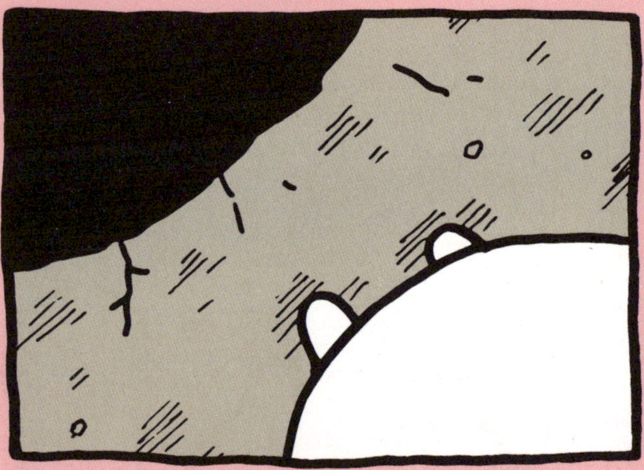

Das Loch

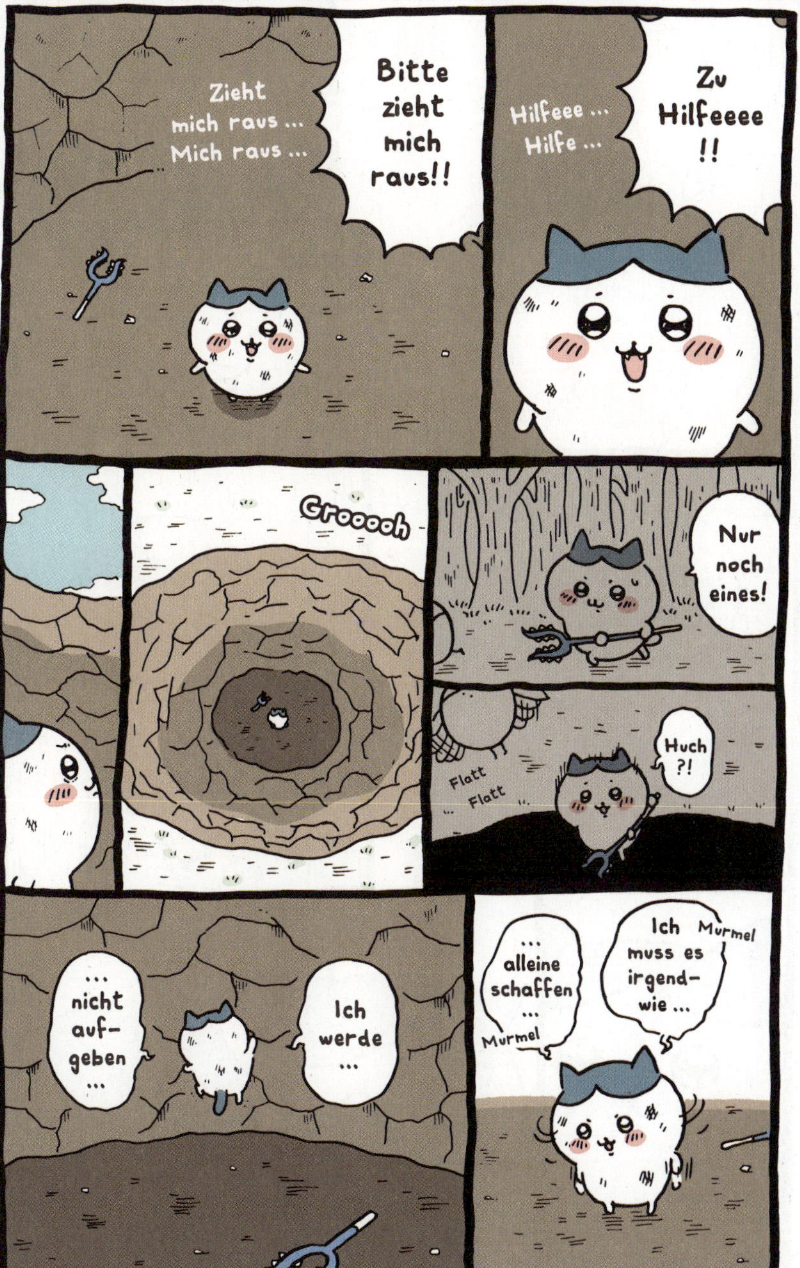
Zieht mich raus ... Mich raus ...
Bitte zieht mich raus!!
Hilfeee ... Hilfe ...
Zu Hilfeeee !!
Grooooh
Nur noch eines!
Flatt Flatt
Huch ?!
Ich werde ...
... nicht auf-geben ...
Ich muss es irgend-wie ...
Murmel
... alleine schaffen ...
Murmel

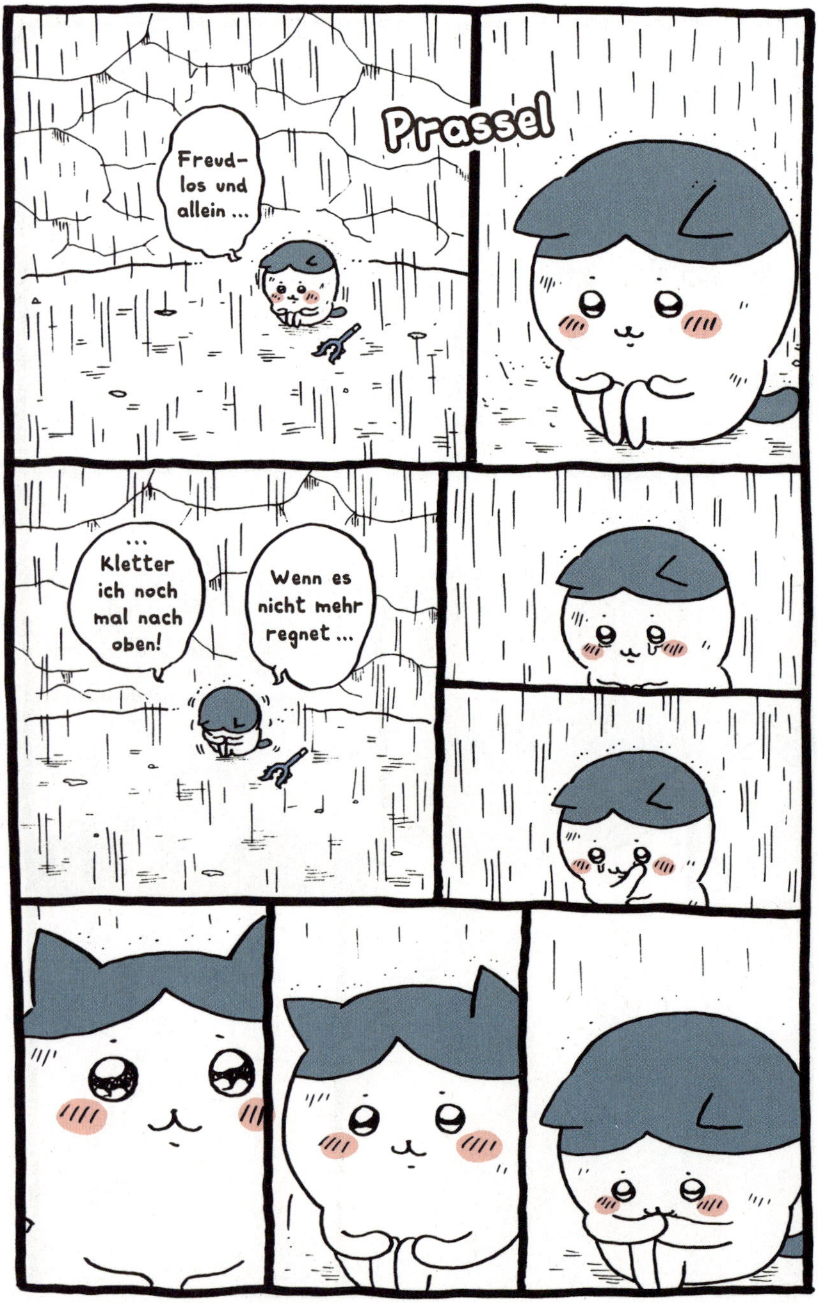
Freud-
los und
allein ...
Prassel
Wenn es
nicht mehr
regnet ...
... Kletter
ich noch
mal nach
oben!

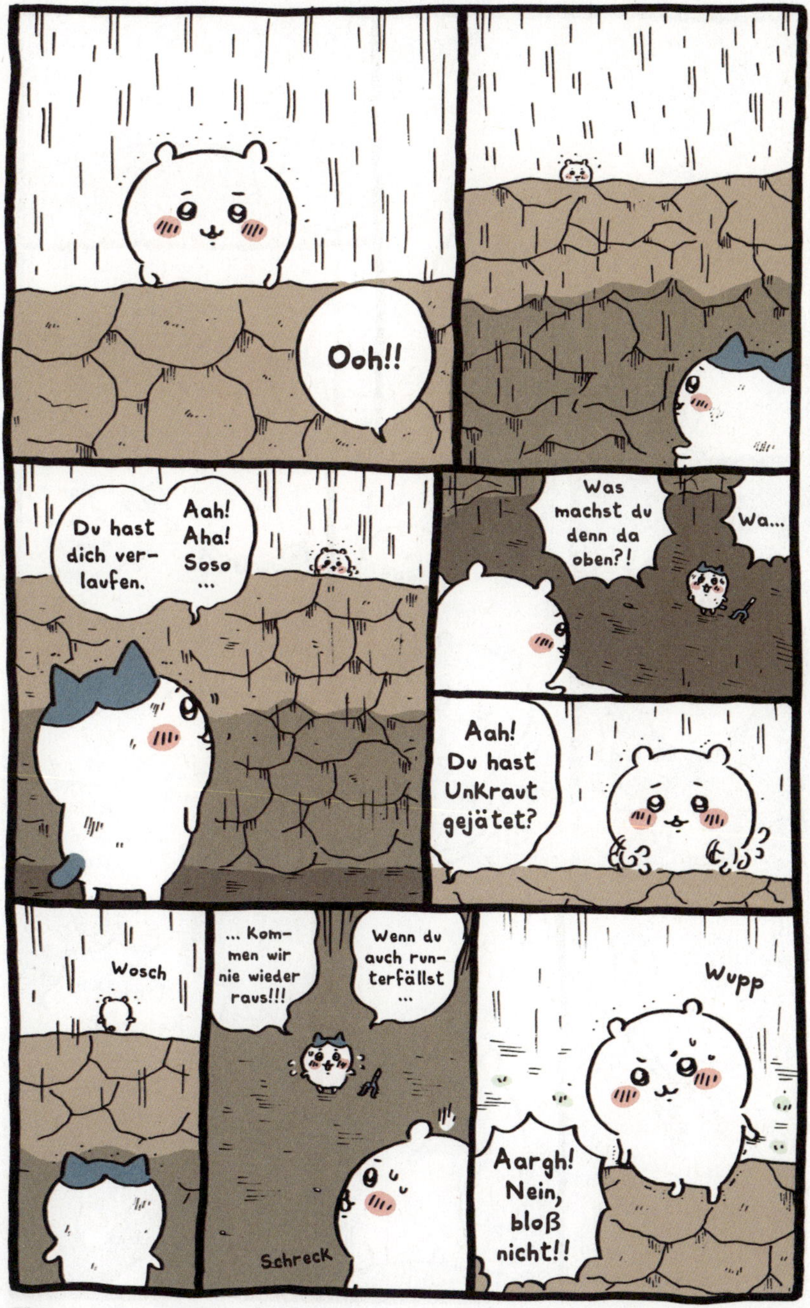
Ooh!!
Du hast dich verlaufen.
Aah! Aha! Soso ...
Was machst du denn da oben?!
Wa...
Aah! Du hast Unkraut gejätet?
Wosch
... Kommen wir nie wieder raus!!!
Wenn du auch runterfällst ...
Schreck
Wupp
Aargh! Nein, bloß nicht!!

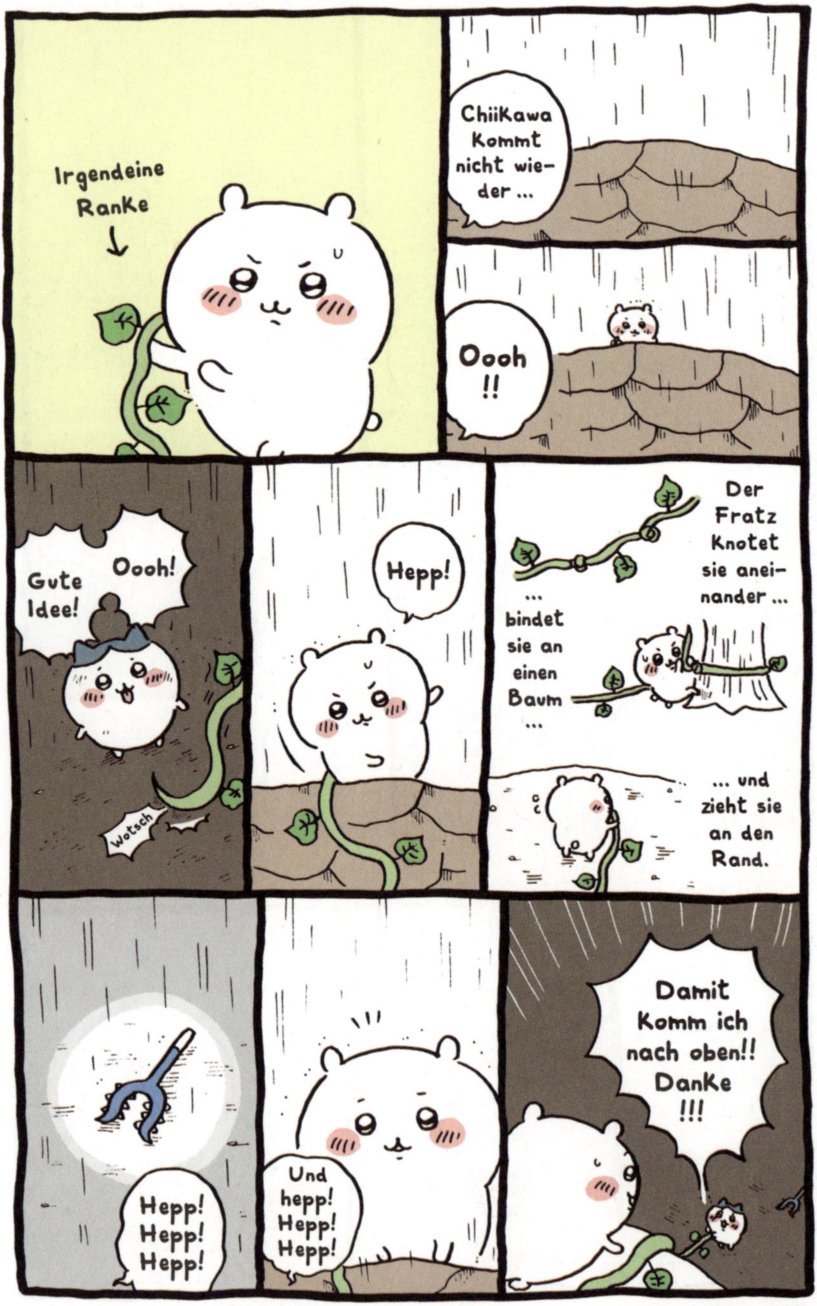
Irgendeine Ranke
Chiikawa kommt nicht wieder …
Oooh !!
Oooh!
Gute Idee!
Wotsch
Hepp!
Der Fratz knotet sie aneinander …
… bindet sie an einen Baum …
… und zieht sie an den Rand.
Hepp! Hepp! Hepp!
Und hepp! Hepp! Hepp!
Damit komm ich nach oben!! Danke !!!

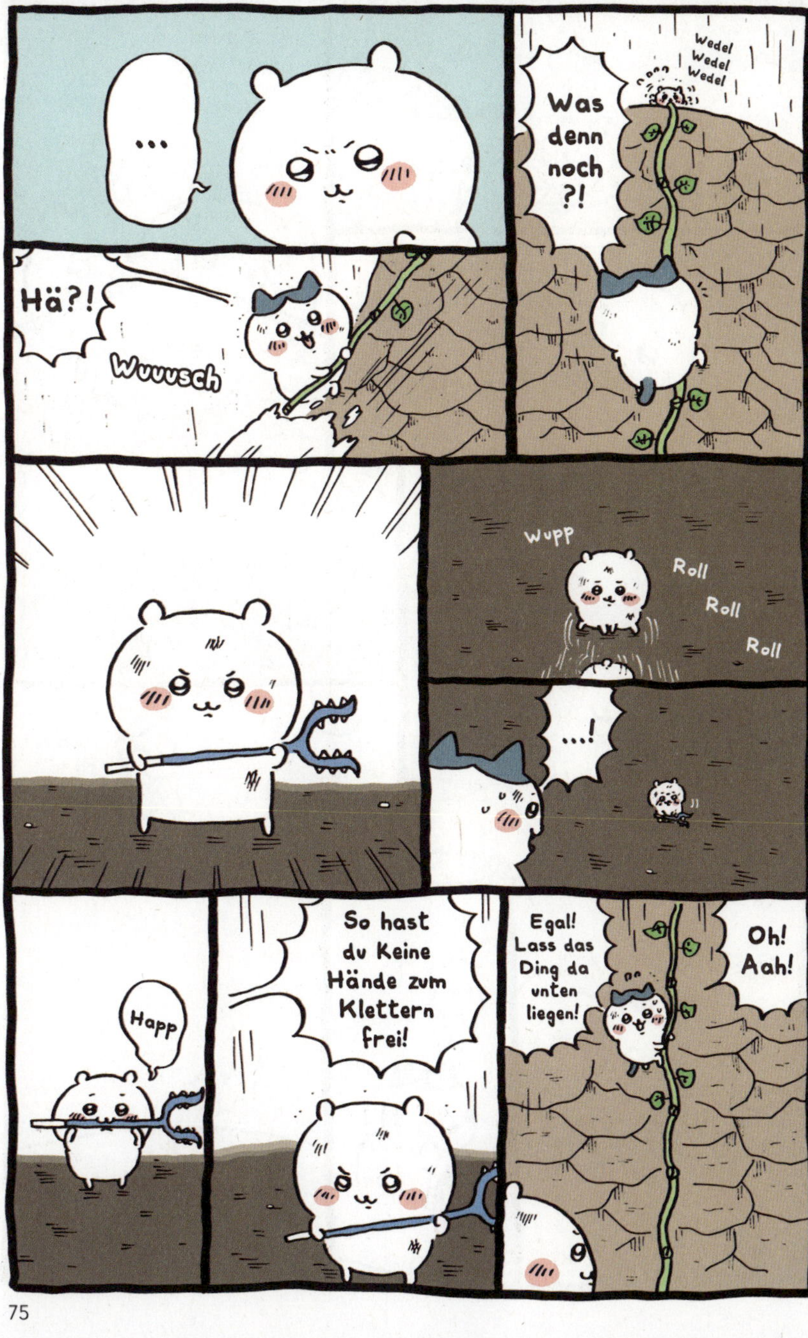
…
Hä?!
Wuuusch
Was denn noch ?!
Wedel Wedel Wedel
Wupp
Roll Roll Roll
…!
Happ
So hast du Keine Hände zum Klettern frei!
Egal! Lass das Ding da unten liegen!
Oh! Aah!

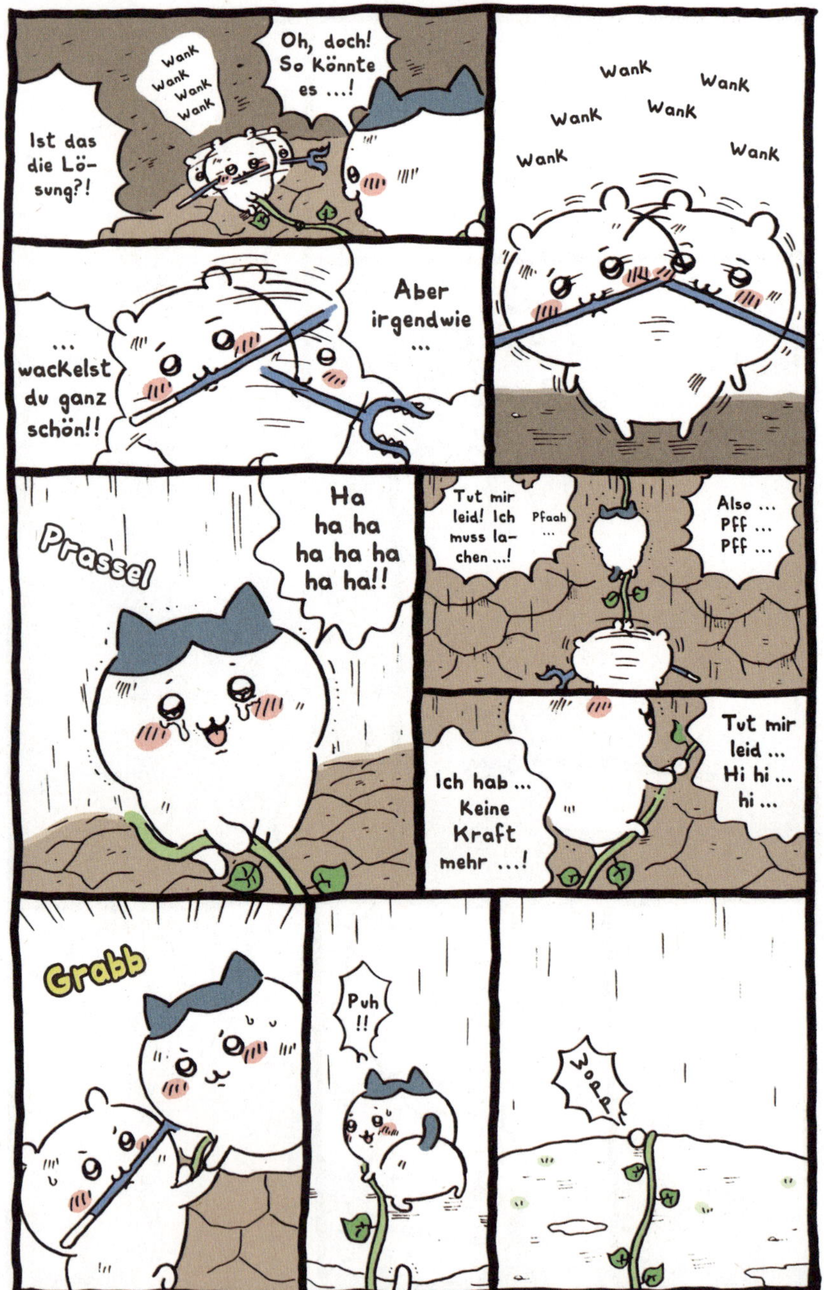
Ist das die Lö-sung?!
Wank Wank Wank Wank
Oh, doch! So könnte es ...!
Wank Wank Wank Wank Wank Wank
Aber irgendwie ...
... wackelst du ganz schön!!
Prassel
Ha ha ha ha ha ha ha ha!!
Tut mir leid! Ich muss la-chen ...!
Pfaah ...
Also ... Pff ... Pff ...
Tut mir leid ... Hi hi ... hi ...
Ich hab ... keine Kraft mehr ...!
Grabb
Puh!!
Wopp

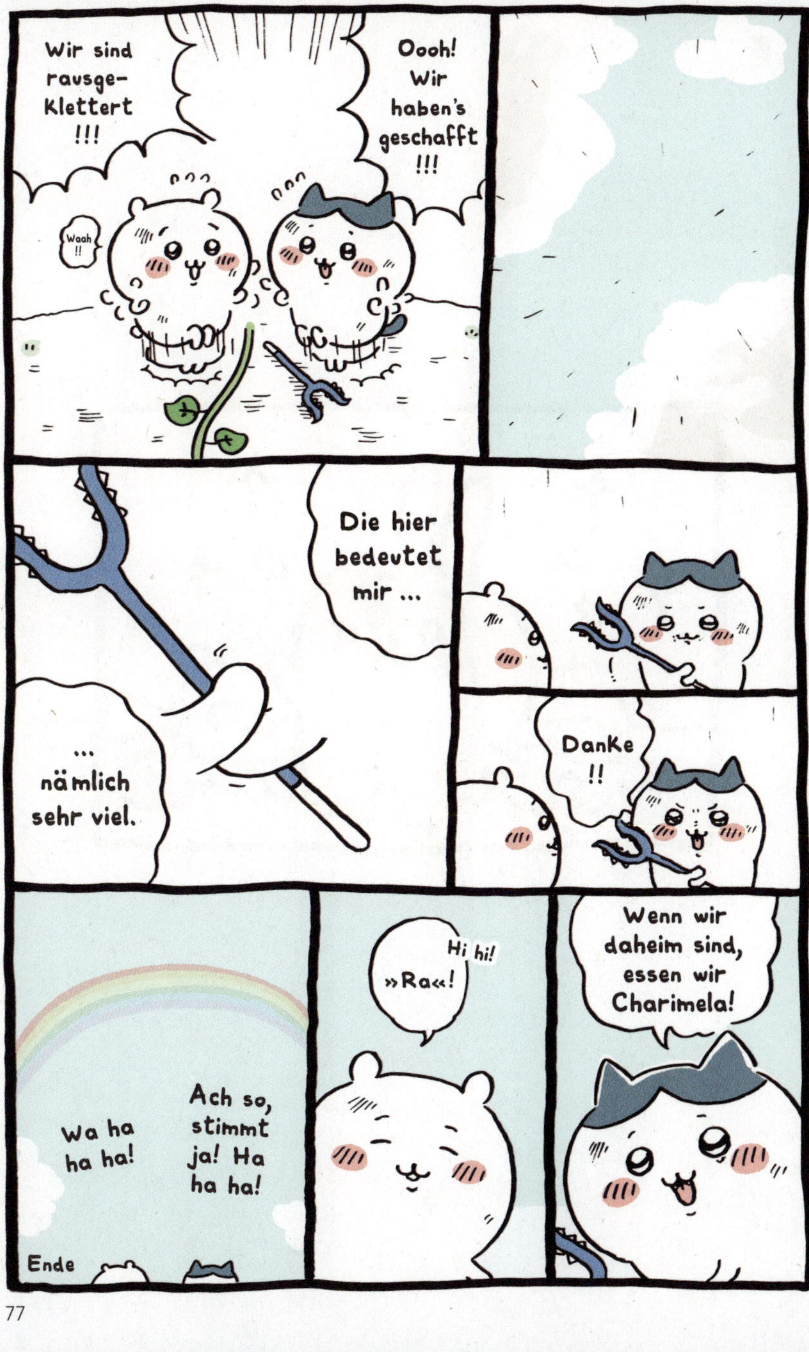
Wir sind rausgeklettert !!!
Waah !!
Oooh! Wir haben's geschafft !!!
Die hier bedeutet mir …
… nämlich sehr viel.
Danke !!
Wenn wir daheim sind, essen wir Charimela!
Hi hi! »Ra«!
Ach so, stimmt ja! Ha ha ha!
Wa ha ha ha!
Ende

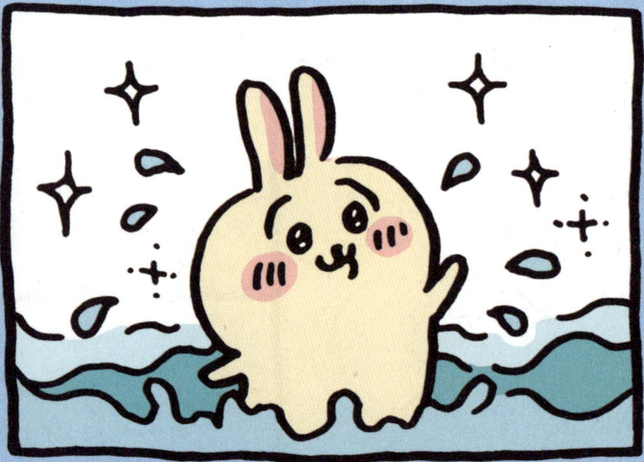

Lasst uns baden!

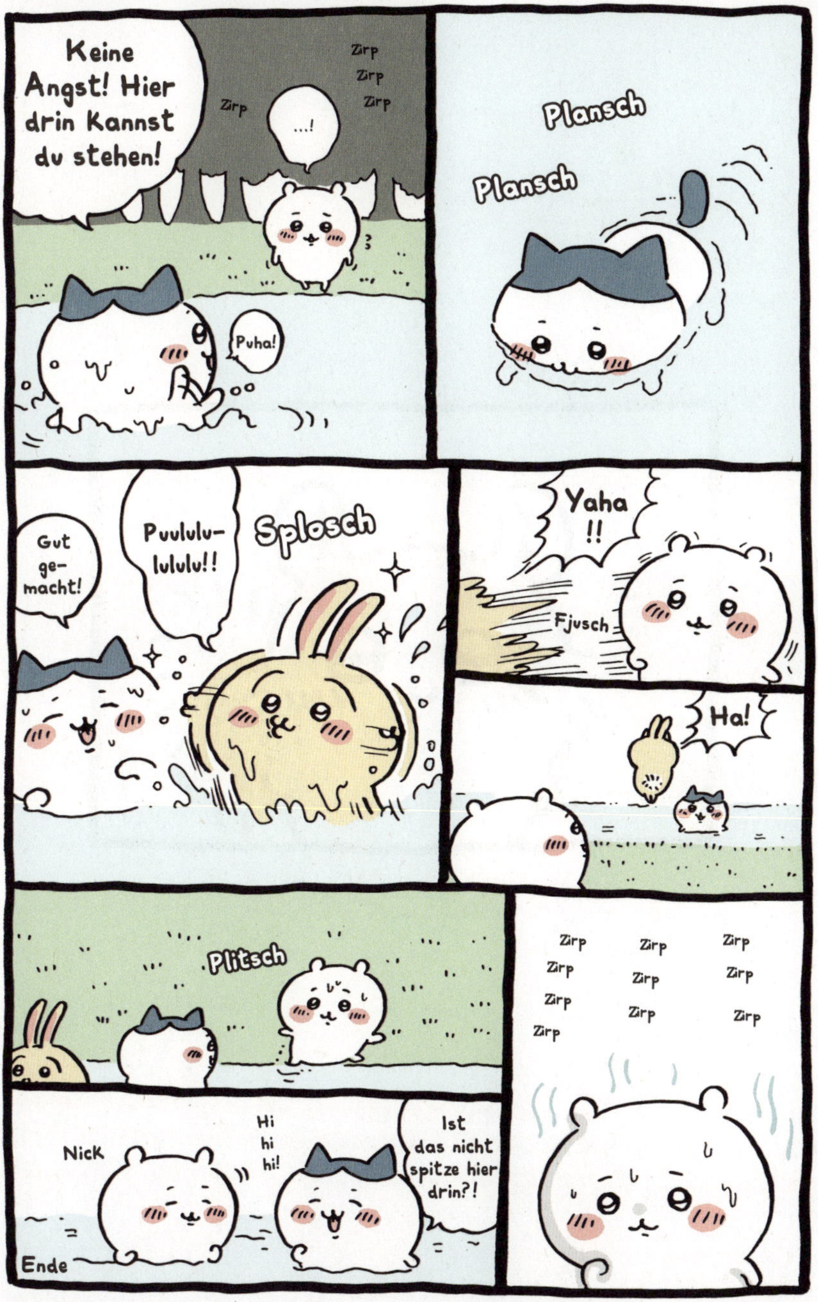

Keine Angst! Hier drin kannst du stehen!
Zirp
Zirp
Zirp
Zirp
...!
Puha!
Plansch
Plansch
Gut gemacht!
Puululululululu!!
Splosch
Yaha!!
Fjusch
Ha!
Plitsch
Zirp Zirp Zirp Zirp Zirp Zirp Zirp Zirp Zirp Zirp Zirp
Nick
Hi hi hi!
Ist das nicht spitze hier drin?!
Ende

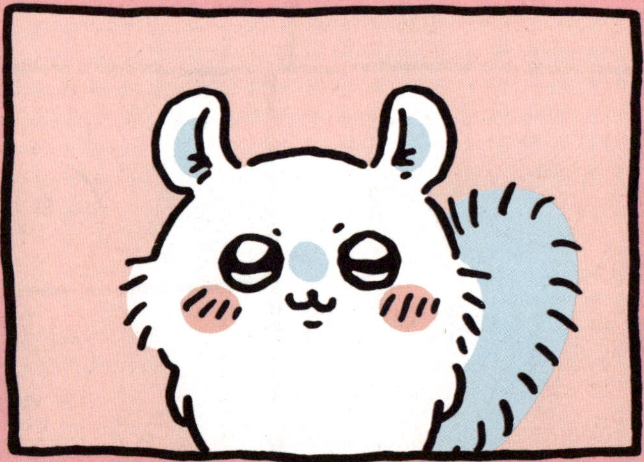

Gib's zurück!

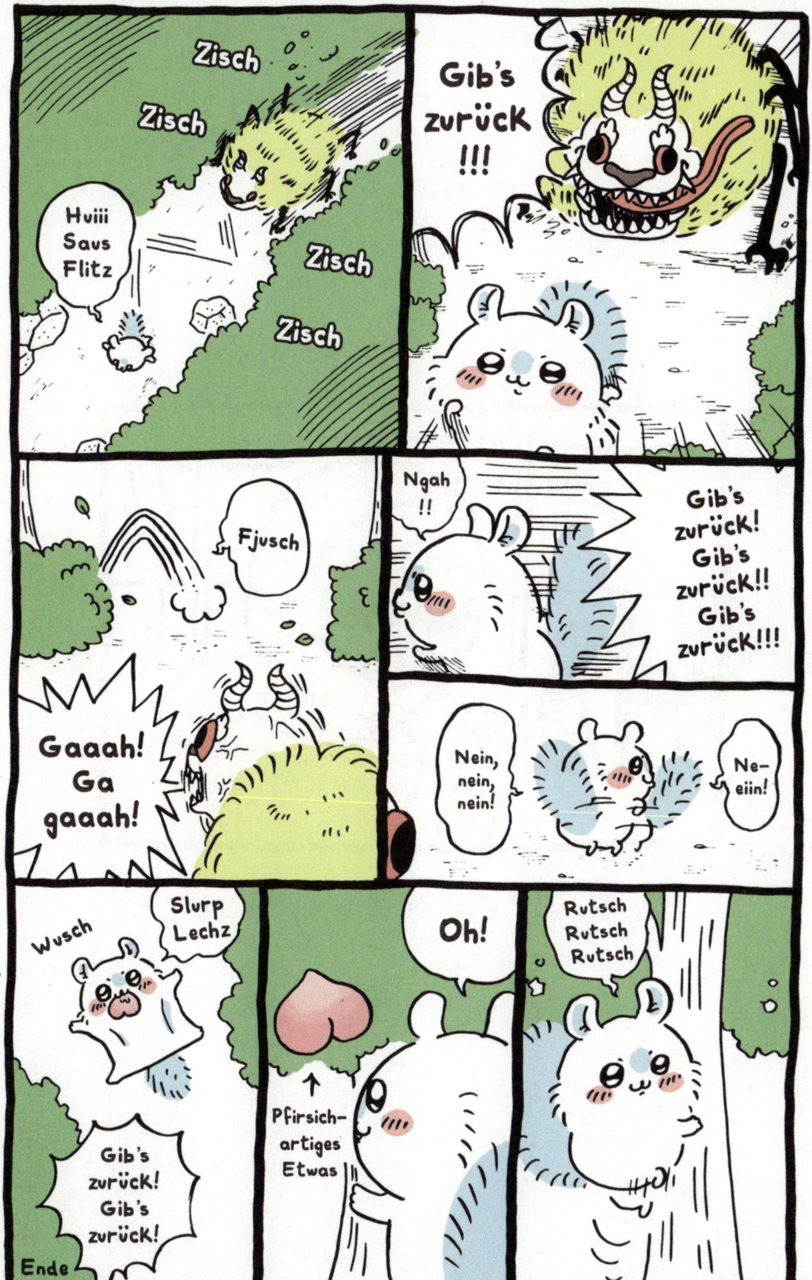
Zisch
Zisch
Huiii Saus Flitz
Zisch
Zisch
Gib's zurück !!!
Fjusch
Gaaah! Ga gaaah!
Ngah !!
Gib's zurück! Gib's zurück!! Gib's zurück!!!
Nein, nein, nein!
Ne-eiin!
Wusch
Slurp Lechz
Gib's zurück! Gib's zurück!
Momonga
Ende
Oh!
Pfirsich-artiges Etwas
Rutsch Rutsch Rutsch

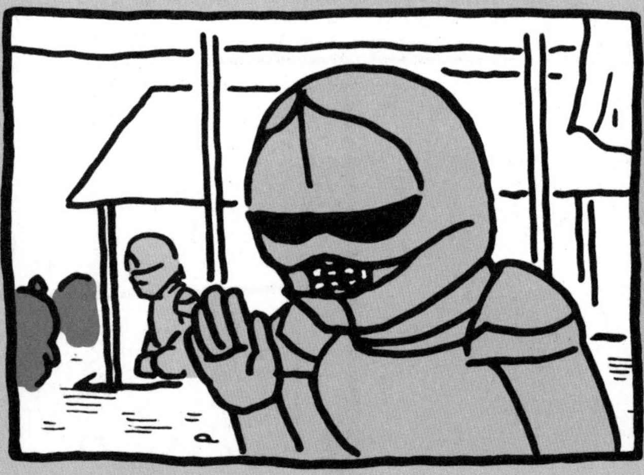

Noch viel mehr Alltag

Meine Kreation

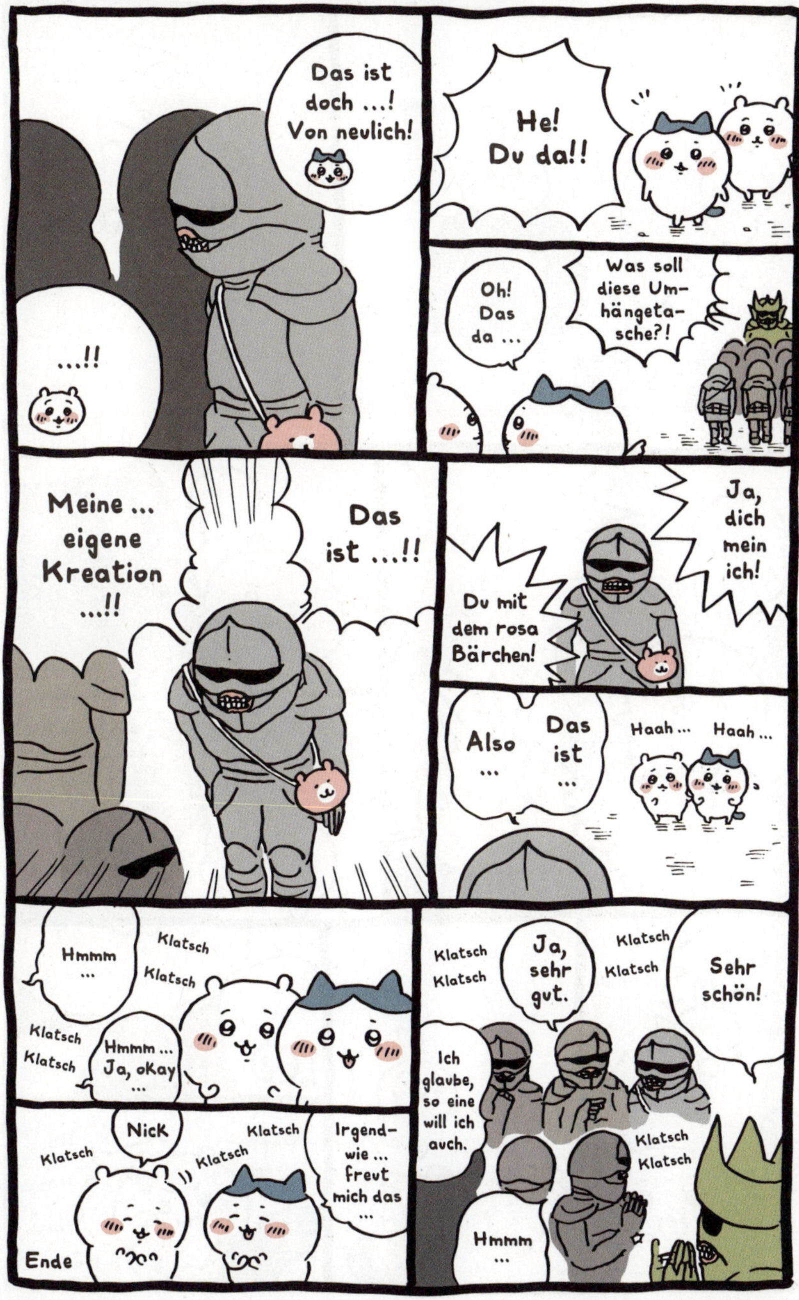

Canelé

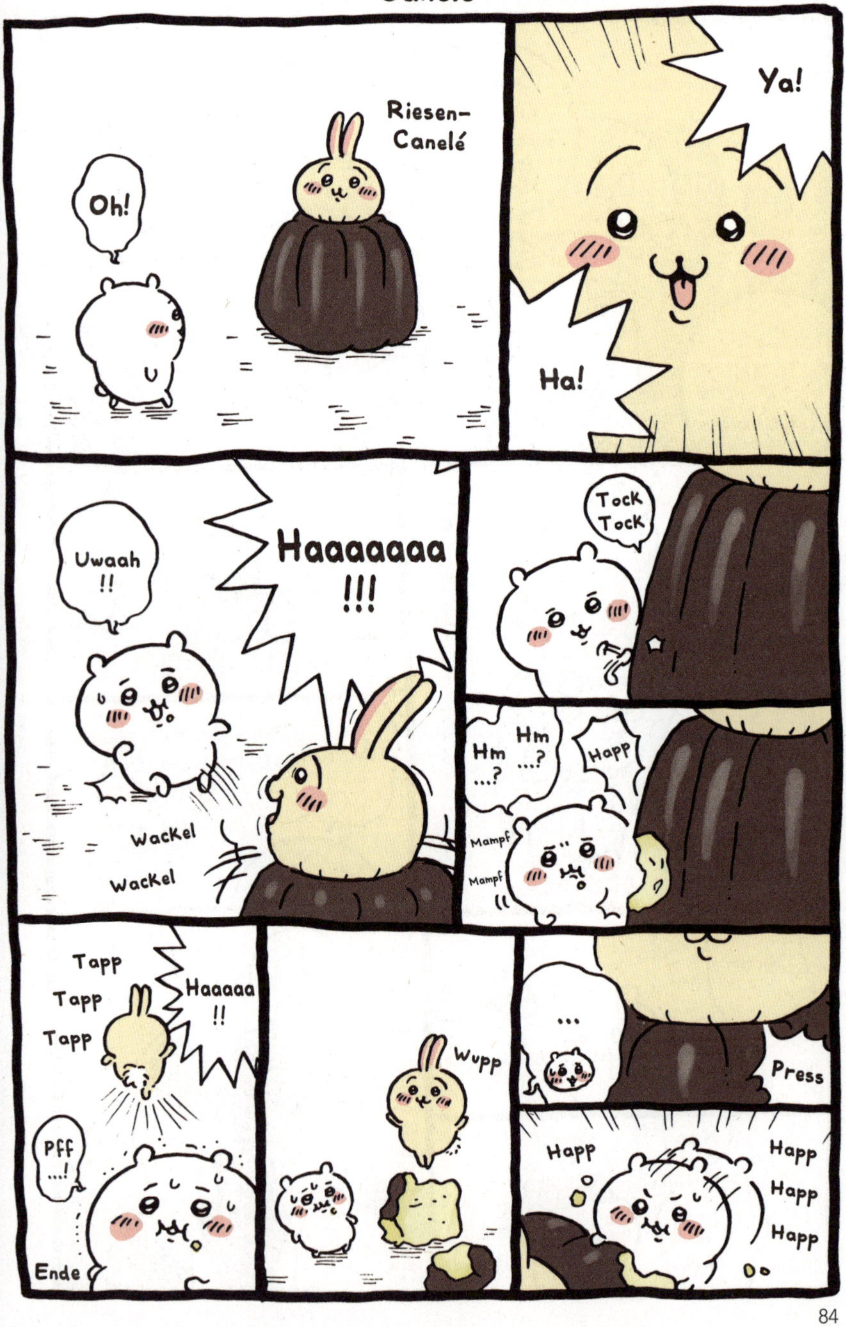
Riesen-Canelé
Oh!
Ya!
Ha!
Haaaaaaa!!!
Uwaah!!
Wackel
Wackel
Tock Tock
Hm...?
Hm...?
Happ
Mampf
Mampf
Press
...
Wupp
Haaaaa!!
Tapp
Tapp
Tapp
Pff...!
Ende
Happ
Happ
Happ
Happ

Ich hab Bauchweh

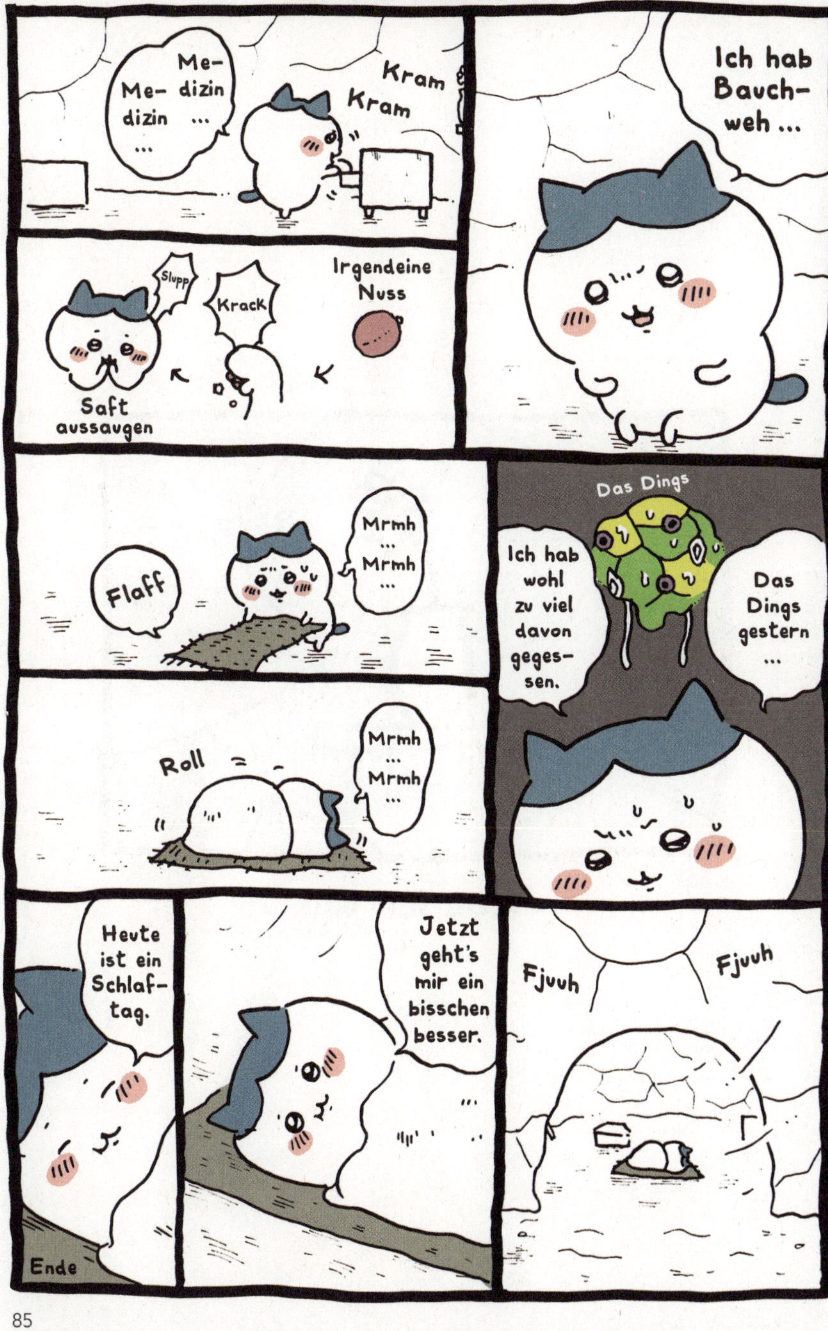

Ich hab Bauchweh ...
Me- Me- dizin dizin ... ...
Kram Kram
Slupp
Krack
Irgendeine Nuss
Saft aussaugen
Das Dings
Das Dings gestern ...
Ich hab wohl zu viel davon gegessen.
Flaff
Mrmh ... Mrmh ...
Roll
Mrmh ... Mrmh ...
Fjuuh
Fjuuh
Jetzt geht's mir ein bisschen besser.
Heute ist ein Schlaftag.
Ende

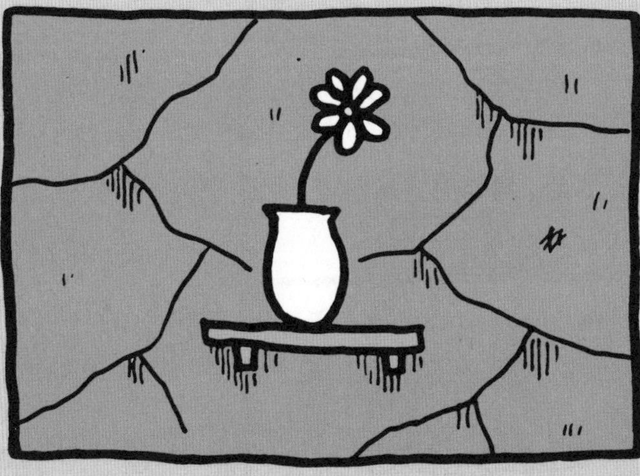

Was ich will

Ich will eine Kamera

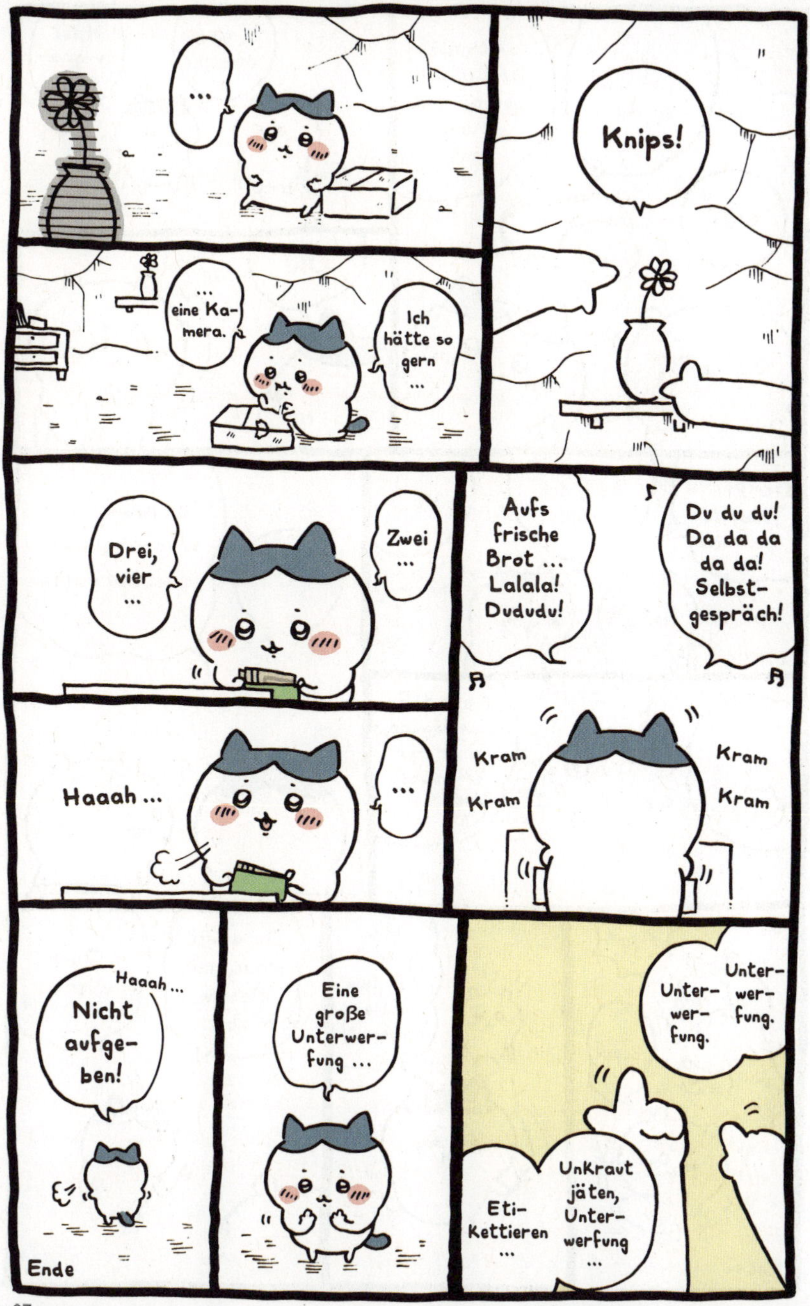

...
Knips!
Ich hätte so gern ...
... eine Kamera.
Zwei ...
Drei, vier ...
Aufs frische Brot ... Lalala! Dududu!
Du du du! Da da da da da! Selbstgespräch!
...
Haaah ...
Kram
Kram
Kram
Kram
Unterwerfung.
Unterwerfung.
Unkraut jäten, Unterwerfung ...
Etikettieren ...
Eine große Unterwerfung ...
Haaah ...
Nicht aufgeben!
Ende

Zupp

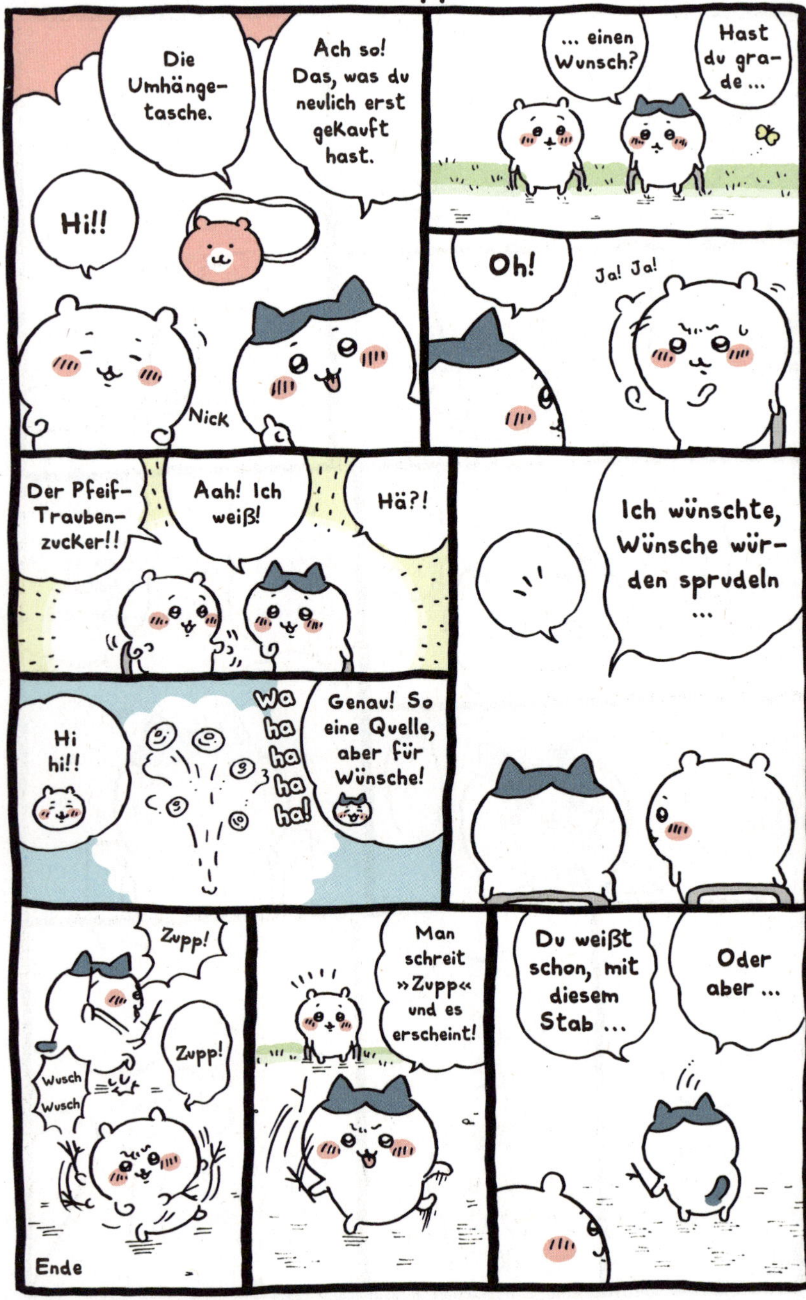

Hast du grade ...
... einen Wunsch?
Oh!
Ja! Ja!
Ach so! Das, was du neulich erst gekauft hast.
Die Umhängetasche.
Hi!!
Nick
Ich wünschte, Wünsche würden sprudeln ...
Hä?!
Aah! Ich weiß!
Der Pfeif-Traubenzucker!!
Genau! So eine Quelle, aber für Wünsche!
Wa ha ha ha ha!
Hi hi!!
Oder aber ...
Du weißt schon, mit diesem Stab ...
Man schreit »Zupp« und es erscheint!
Zupp!
Zupp!
Wusch Wusch
Ende

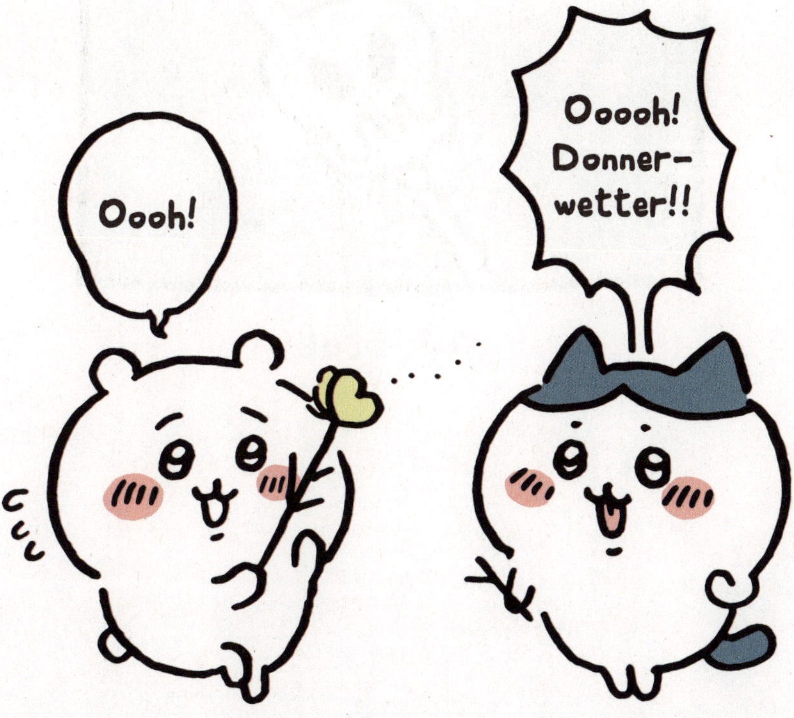
Ooooh! Donner-wetter!!
Oooh!

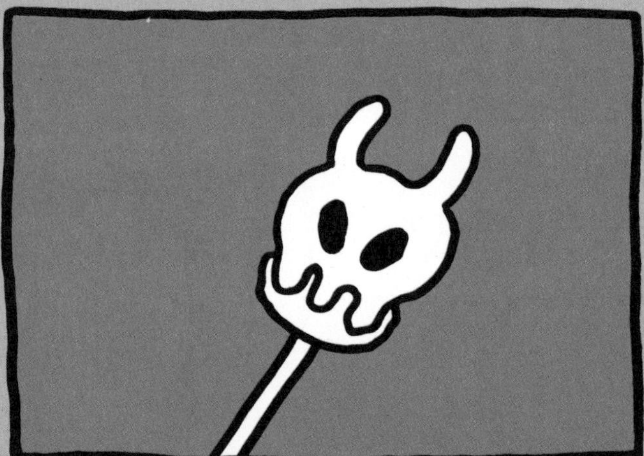

Der Stab

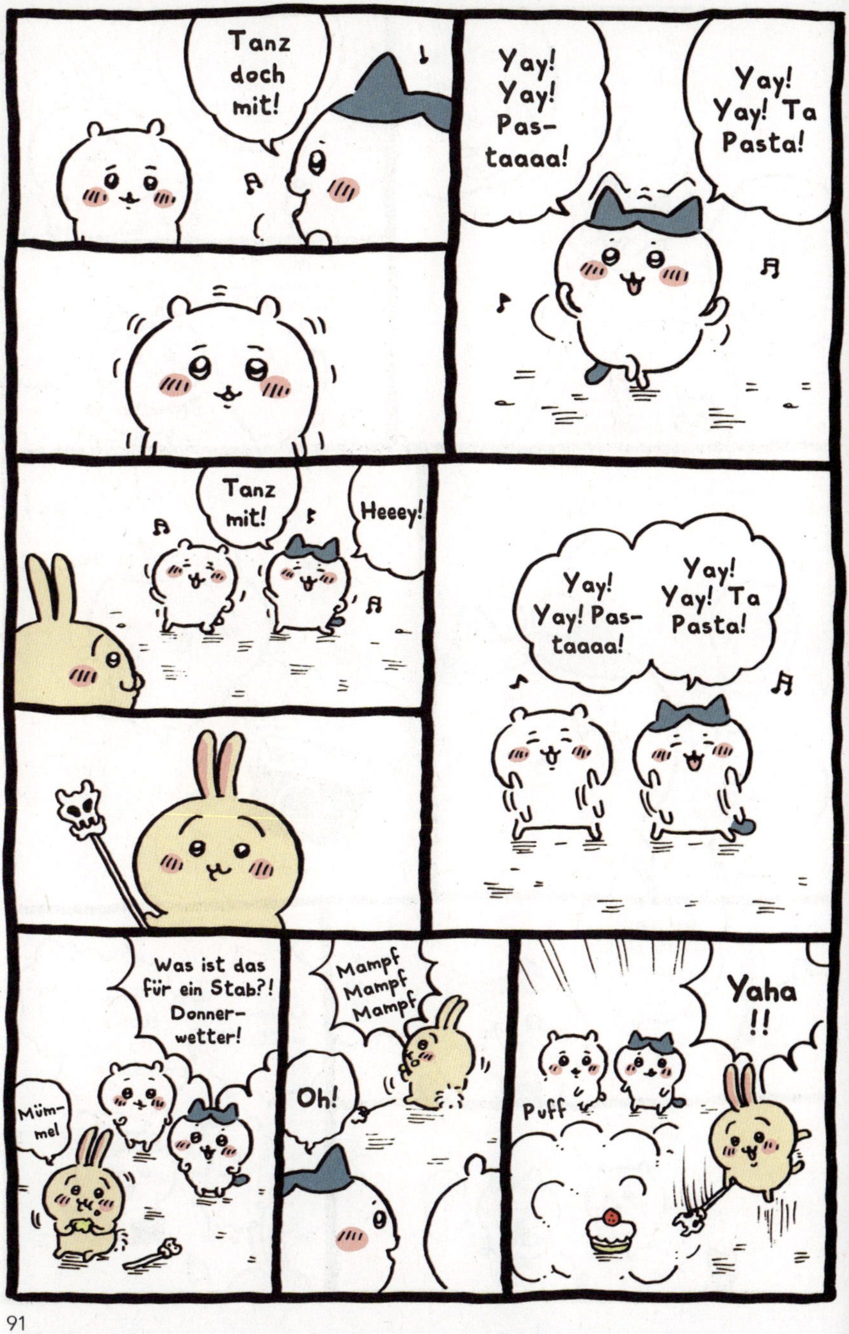

Tanz doch mit!
Yay! Yay! Pas- taaaa!
Yay! Yay! Ta Pasta!
Tanz mit!
Heeey!
Yay! Yay! Pas- taaaa!
Yay! Yay! Ta Pasta!
Was ist das für ein Stab?! Donner- wetter!
Mümmel
Mampf Mampf Mampf
Oh!
Yaha !!
Puff

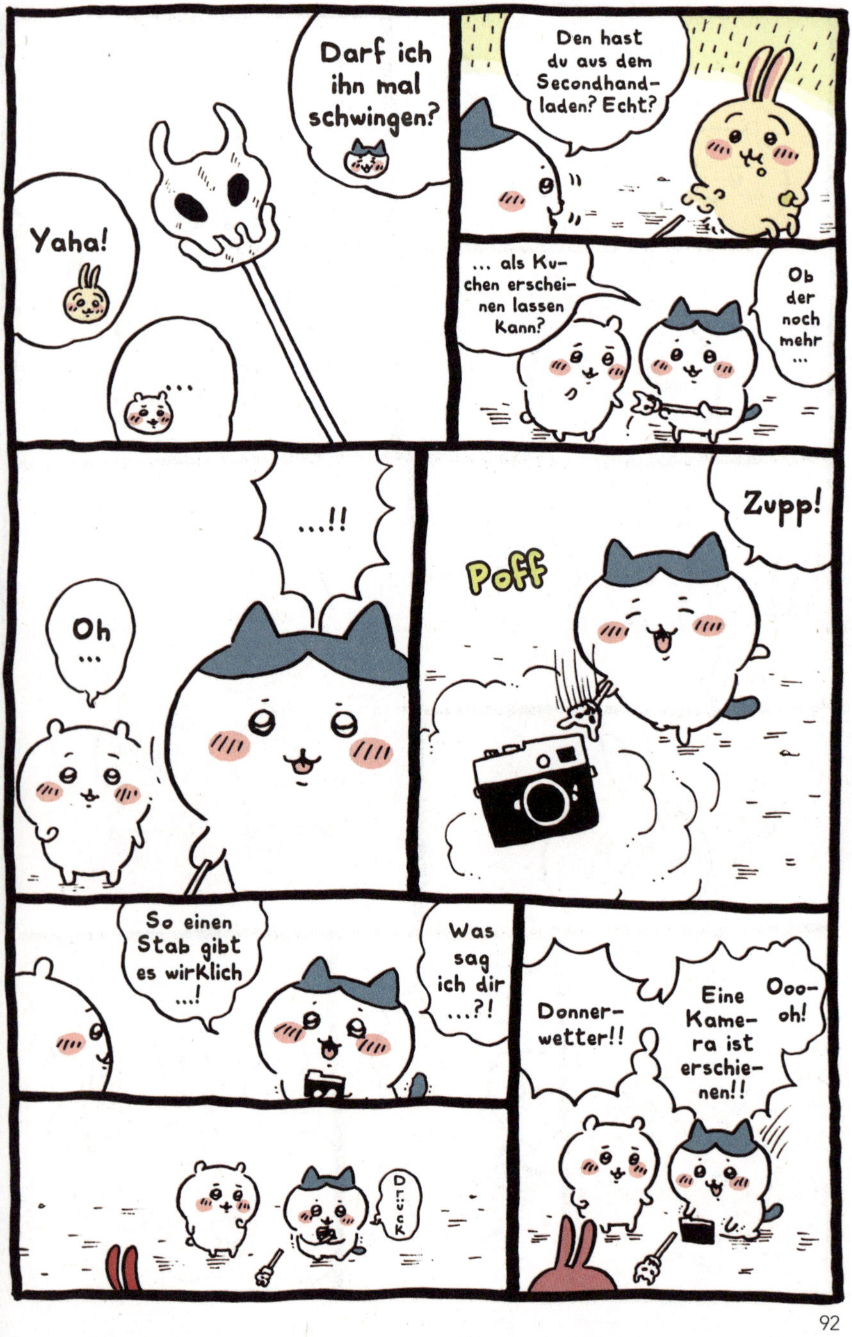

Den hast du aus dem Secondhandladen? Echt?
Ob der noch mehr …
… als Kuchen erscheinen lassen kann?
Darf ich ihn mal schwingen?
Yaha!
…
Zupp!
Poff
…!!
Oh …
Ooo-oh!
Eine Kamera ist erschienen!!
Donnerwetter!!
Was sag ich dir …?!
So einen Stab gibt es wirklich …!
Druck

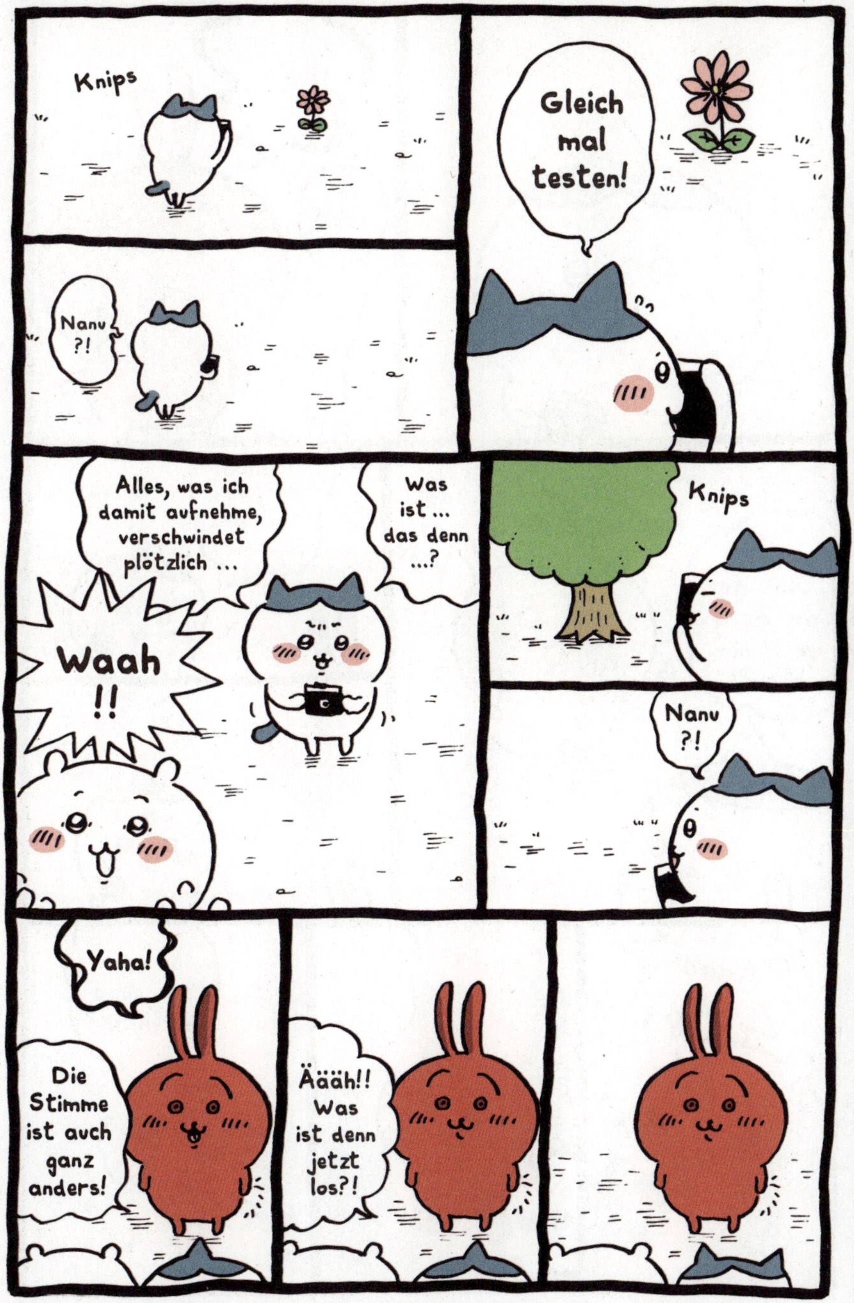
Knips
Gleich mal testen!
Nanu ?!
Alles, was ich damit aufnehme, verschwindet plötzlich ...
Was ist ... das denn ...?
Waah !!
Knips
Nanu ?!
Yaha!
Die Stimme ist auch ganz anders!
Äääh!! Was ist denn jetzt los?!

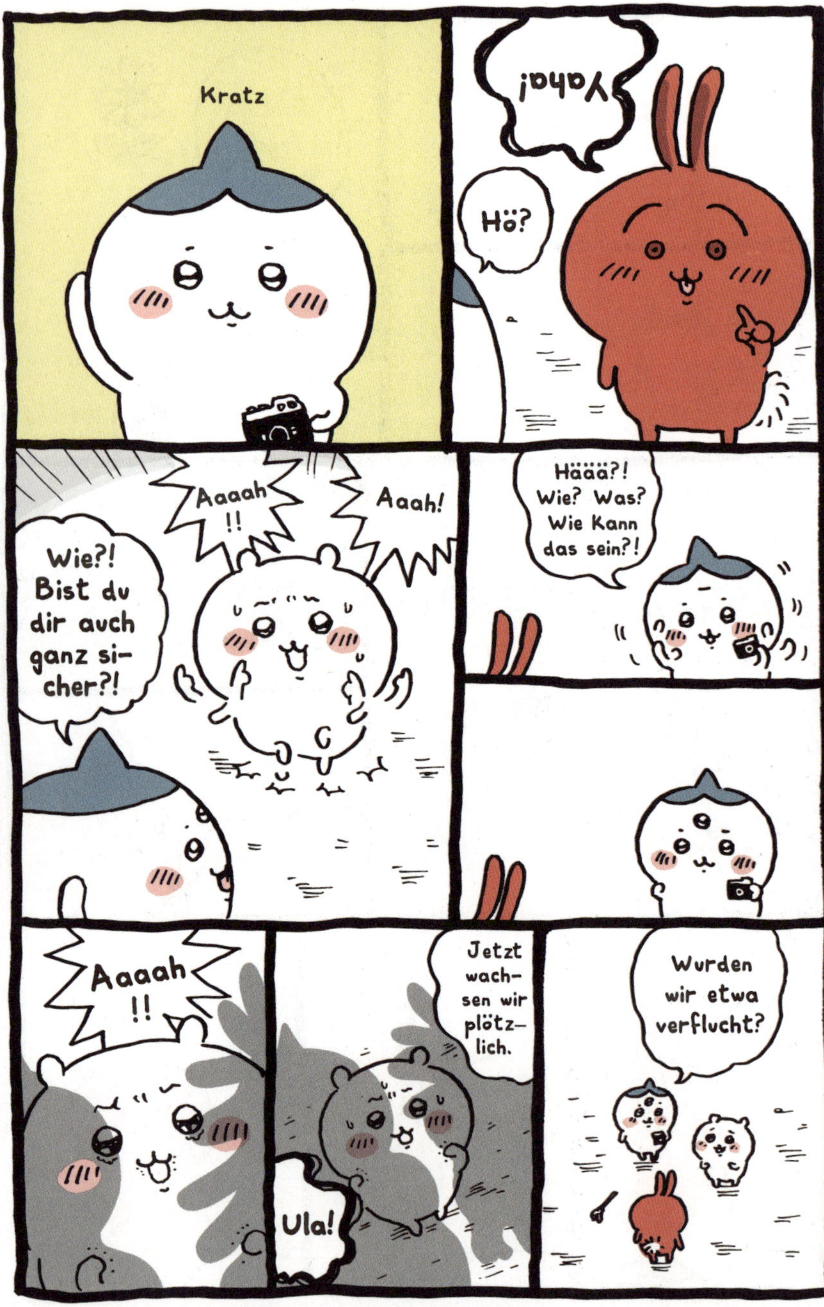
Kratz
Yaha!
Hö?
Aaaah!!
Aaah!
Wie?! Bist du dir auch ganz sicher?!
Häää?! Wie? Was? Wie Kann das sein?!
Aaaah!!
Jetzt wachsen wir plötzlich.
Ula!
Wurden wir etwa verflucht?

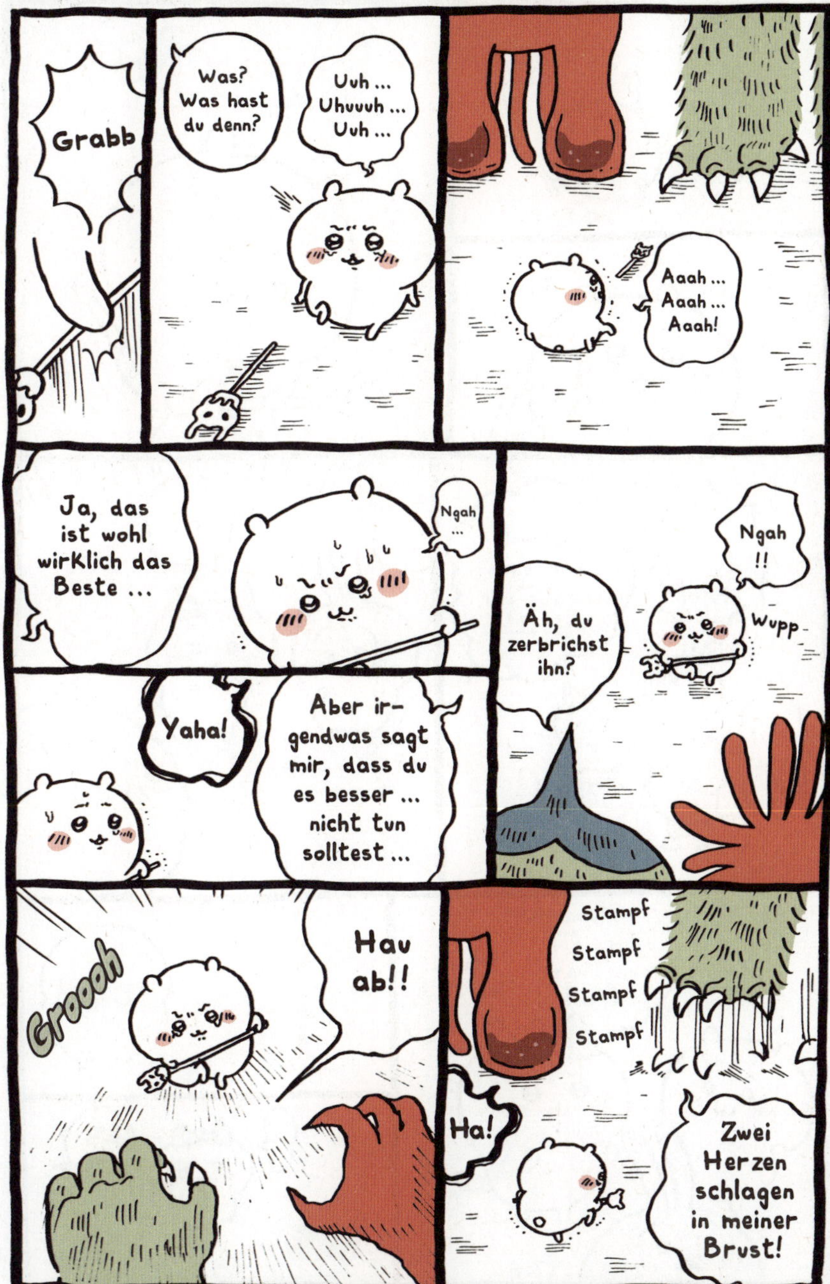
Grabb
Was? Was hast du denn?
Uuh ... Uhuuuh ... Uuh ...
Aaah ... Aaah ... Aaah!
Ja, das ist wohl wirklich das Beste ...
Ngah ...
Ngah !!
Äh, du zerbrichst ihn?
Wupp
Yaha!
Aber irgendwas sagt mir, dass du es besser ... nicht tun solltest ...
Groooh
Hau ab!!
Stampf
Stampf
Stampf
Stampf
Ha!
Zwei Herzen schlagen in meiner Brust!

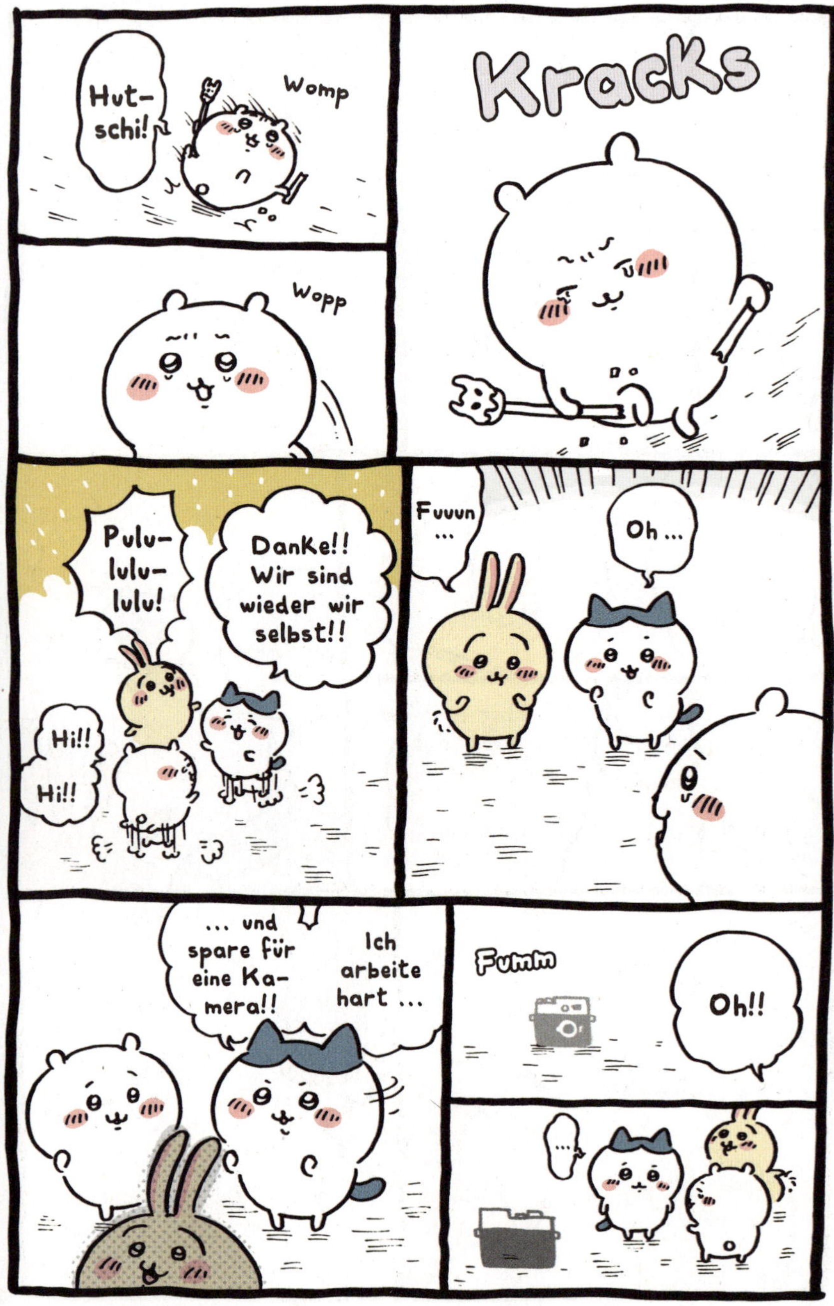
Hut-schi!
Womp
Wopp
Kracks
Pulu-lulu-lulu!
Danke!! Wir sind wieder wir selbst!!
Hi!!
Hi!!
Fuuun ...
Oh ...
Ich arbeite hart ...
... und spare für eine Kamera!!
Fumm
Oh!!
...

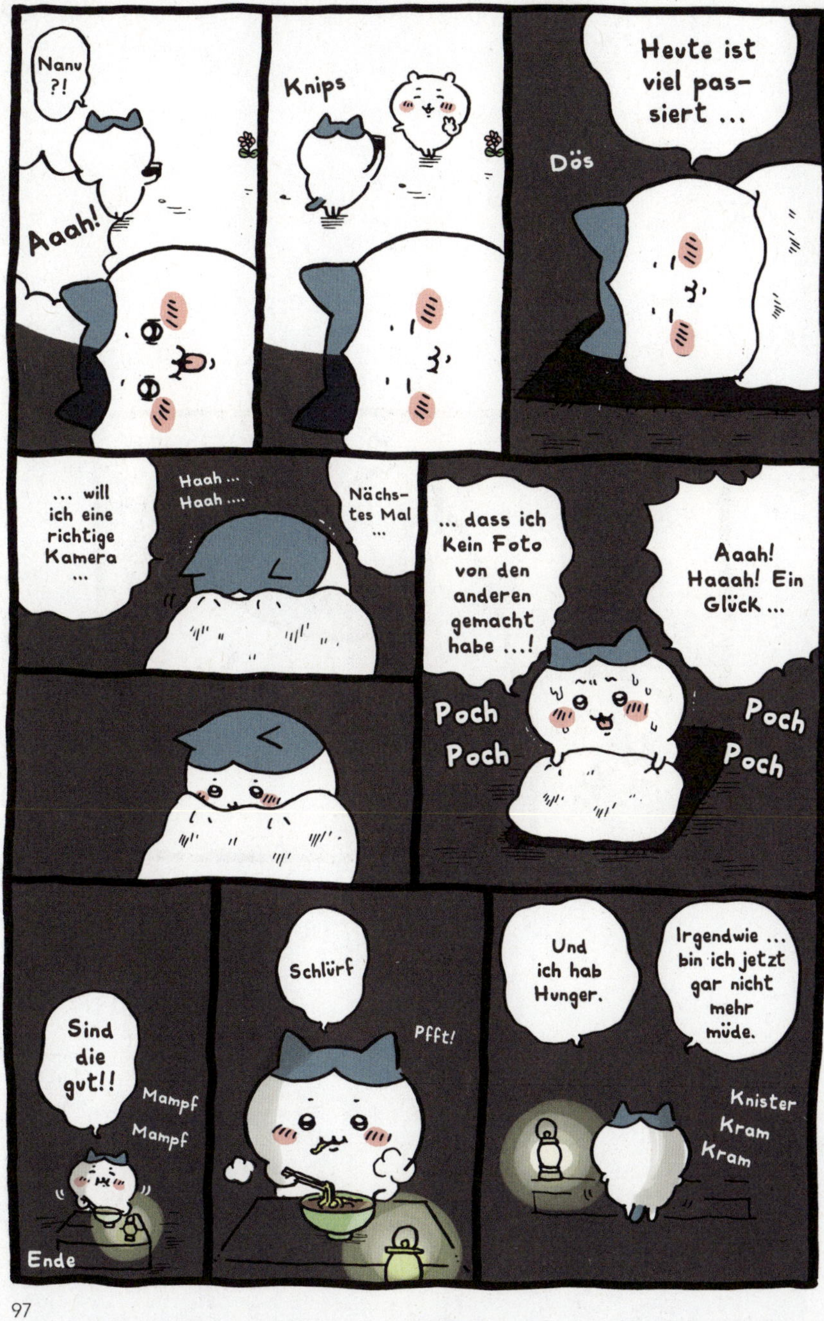
Nanu ?!
Aaah!
Knips
Heute ist viel pas-siert ...
Dös
... will ich eine richtige Kamera ...
Haah ... Haah ....
Nächs-tes Mal ...
... dass ich kein Foto von den anderen gemacht habe ...!
Aaah! Haaah! Ein Glück ...
Poch Poch
Poch Poch
Sind die gut!!
Mampf Mampf
Ende
Schlürf
Pfft!
Und ich hab Hunger.
Irgendwie ... bin ich jetzt gar nicht mehr müde.
Knister Kram Kram

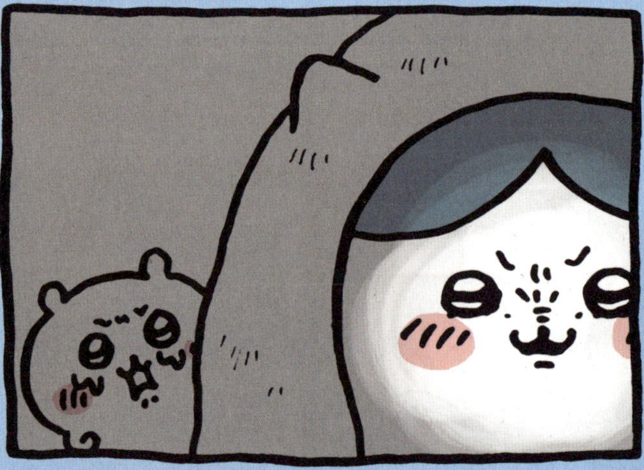

Eine gruslige Geschichte

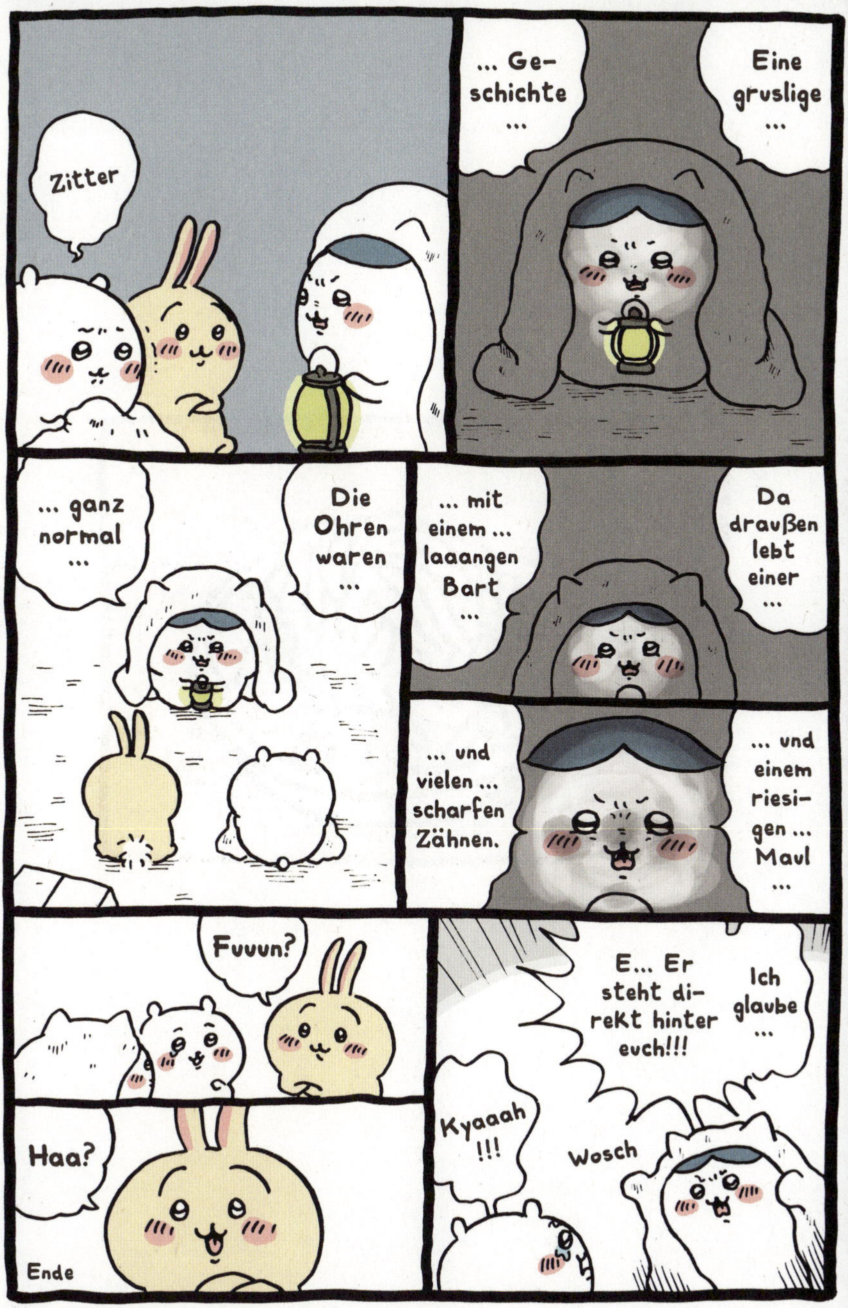
Eine gruslige ...
... Geschichte ...
Zitter
Da draußen lebt einer ...
... mit einem ... laaangen Bart ...
... und einem riesigen ... Maul ...
... und vielen ... scharfen Zähnen.
Die Ohren waren ...
... ganz normal ...
Ich glaube ...
E... Er steht direkt hinter euch!!!
Kyaaah !!!
Wosch
Fuuun?
Haa?
Ende

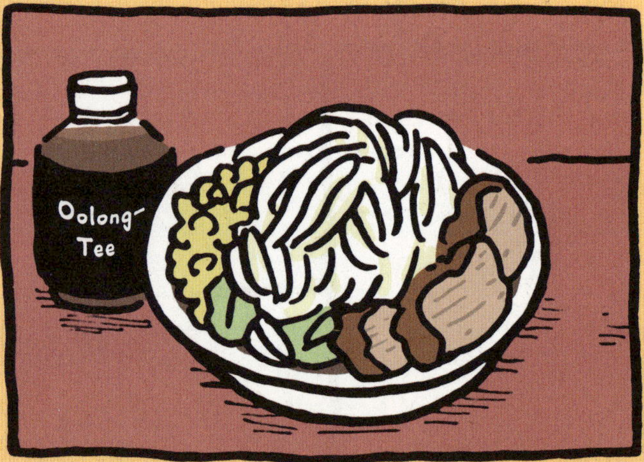

~ro

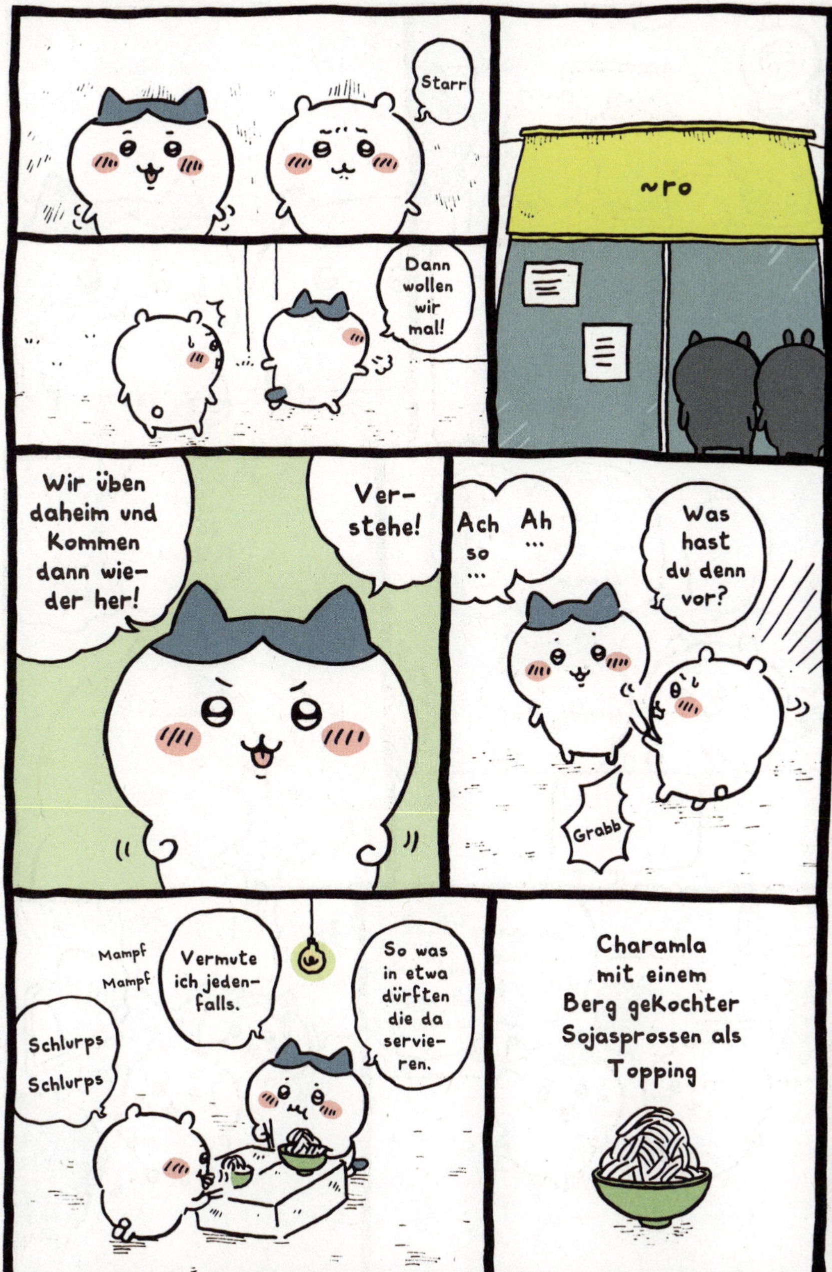
Starr
~ro
Dann wollen wir mal!
Wir üben daheim und kommen dann wieder her!
Ver-stehe!
Ah ...
Ach so ...
Was hast du denn vor?
Grabb
Mampf Mampf
Vermute ich jedenfalls.
So was in etwa dürften die da servieren.
Schlurps Schlurps
Charamla mit einem Berg gekochter Sojasprossen als Topping

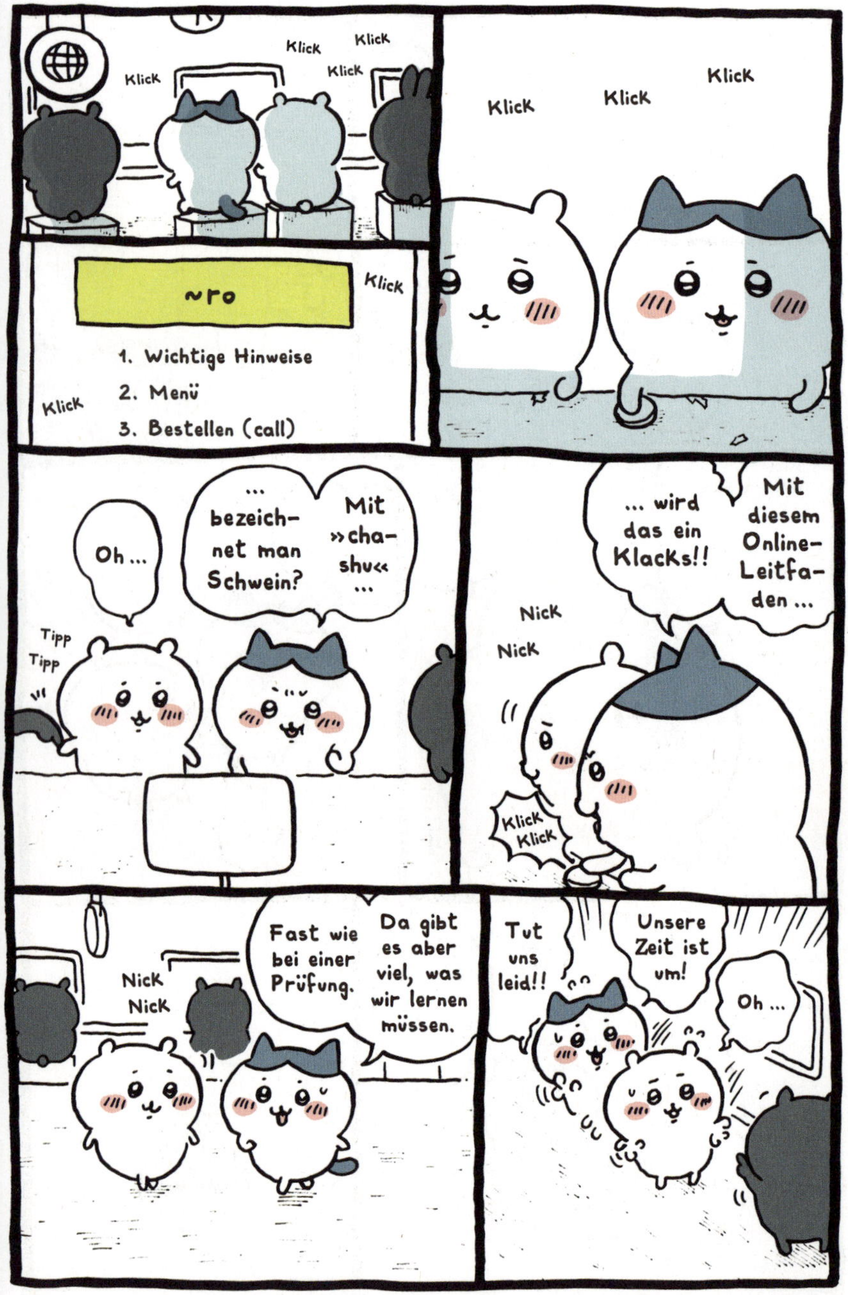
Klick
Klick
Klick
Klick
Klick
Klick
Klick
~ro
1. Wichtige Hinweise
2. Menü
3. Bestellen (call)
Klick
Klick
Mit »cha-shu« …
… bezeich-net man Schwein?
Oh …
Tipp Tipp
Mit diesem Online-Leitfa-den …
… wird das ein Klacks!!
Nick Nick
Klick Klick
Da gibt es aber viel, was wir lernen müssen.
Fast wie bei einer Prüfung.
Nick Nick
Unsere Zeit ist um!
Tut uns leid!!
Oh …

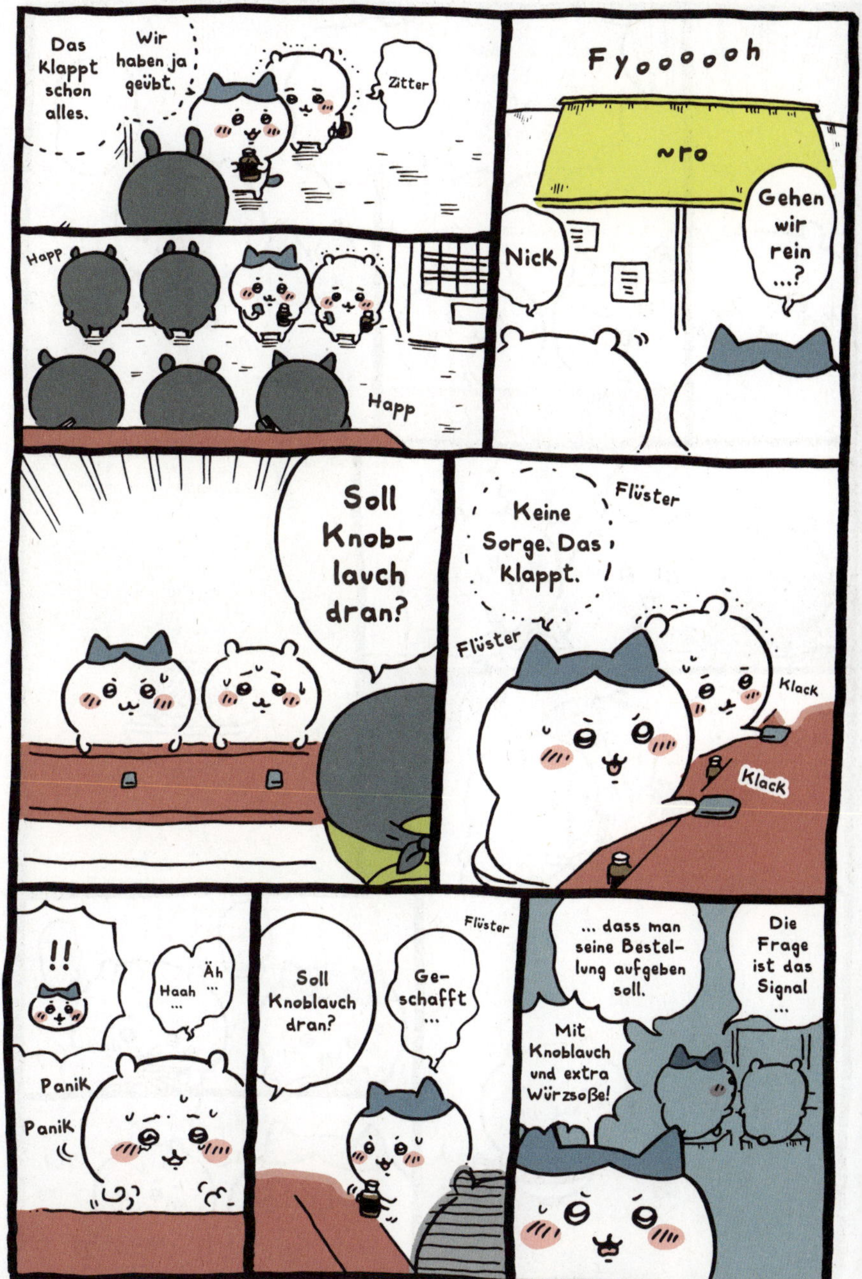
Wir haben ja geübt.
Das klappt schon alles.
Zitter
Fyoooooh
~ro
Gehen wir rein ...?
Nick
Happ
Happ
Soll Knob-lauch dran?
Keine Sorge. Das klappt.
Flüster
Flüster
Klack
Klack
!!
Äh ...
Haah ...
Panik
Panik
Soll Knoblauch dran?
Ge-schafft ...
Flüster
Die Frage ist das Signal ...
... dass man seine Bestel-lung aufgeben soll.
Mit Knoblauch und extra Würzsoße!

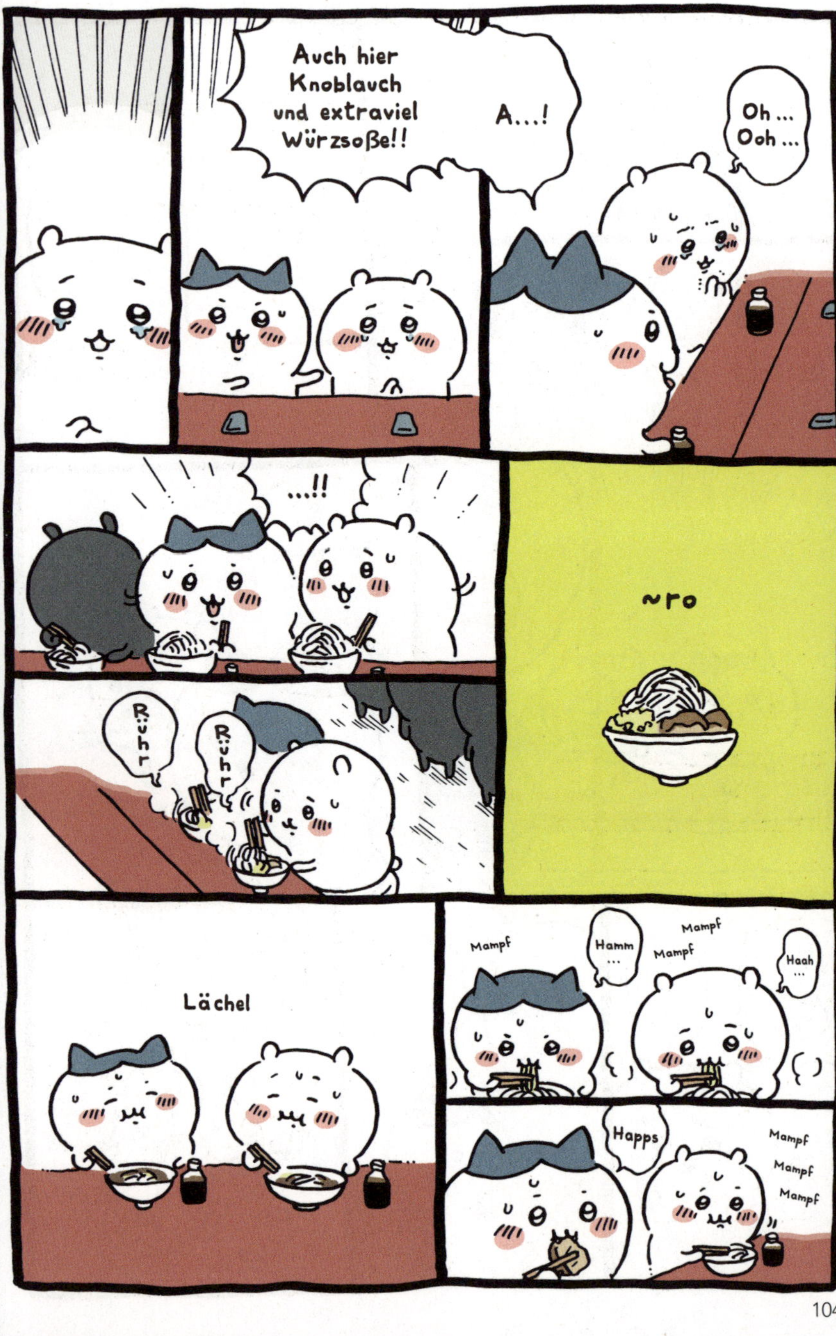
Auch hier Knoblauch und extraviel Würzsoße!!
A...!
Oh ... Ooh ...
...!!
Rühr
Rühr
Lächel
Mampf
Hamm ...
Mampf
Mampf
Haah ...
Happs
Mampf
Mampf
Mampf

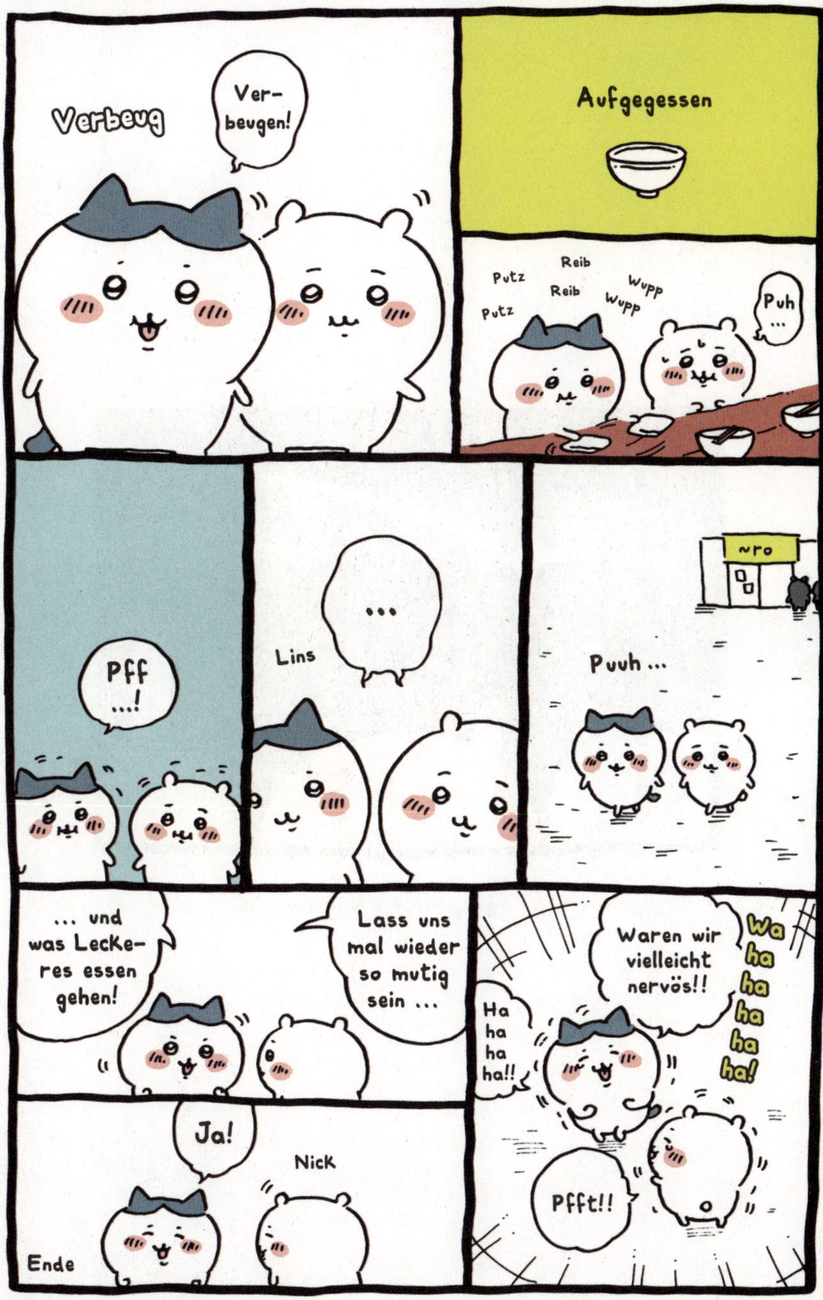
Verbeug
Ver-
beugen!
Aufgegessen
Putz
Putz
Reib
Reib
Wupp
Wupp
Puh
...
Pff
...!
Lins
...
~ro
Puuh ...
... und
was Lecke-
res essen
gehen!
Lass uns
mal wieder
so mutig
sein ...
Ja!
Nick
Ende
Waren wir
vielleicht
nervös!!
Wa
ha
ha
ha
ha
ha!
Ha
ha
ha
ha!!
Pfft!!

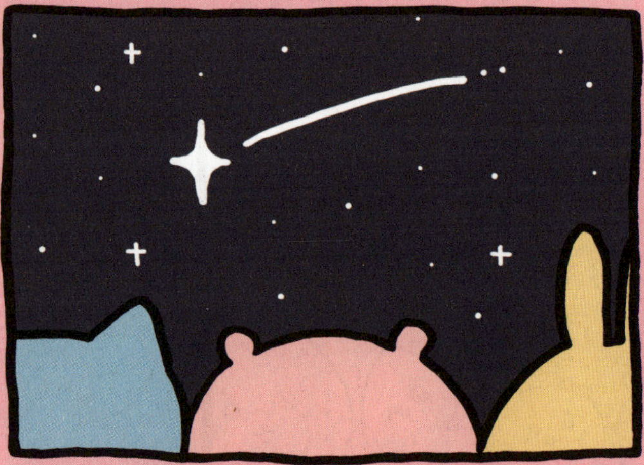

Die Sternschnuppe

Die Lunchbox

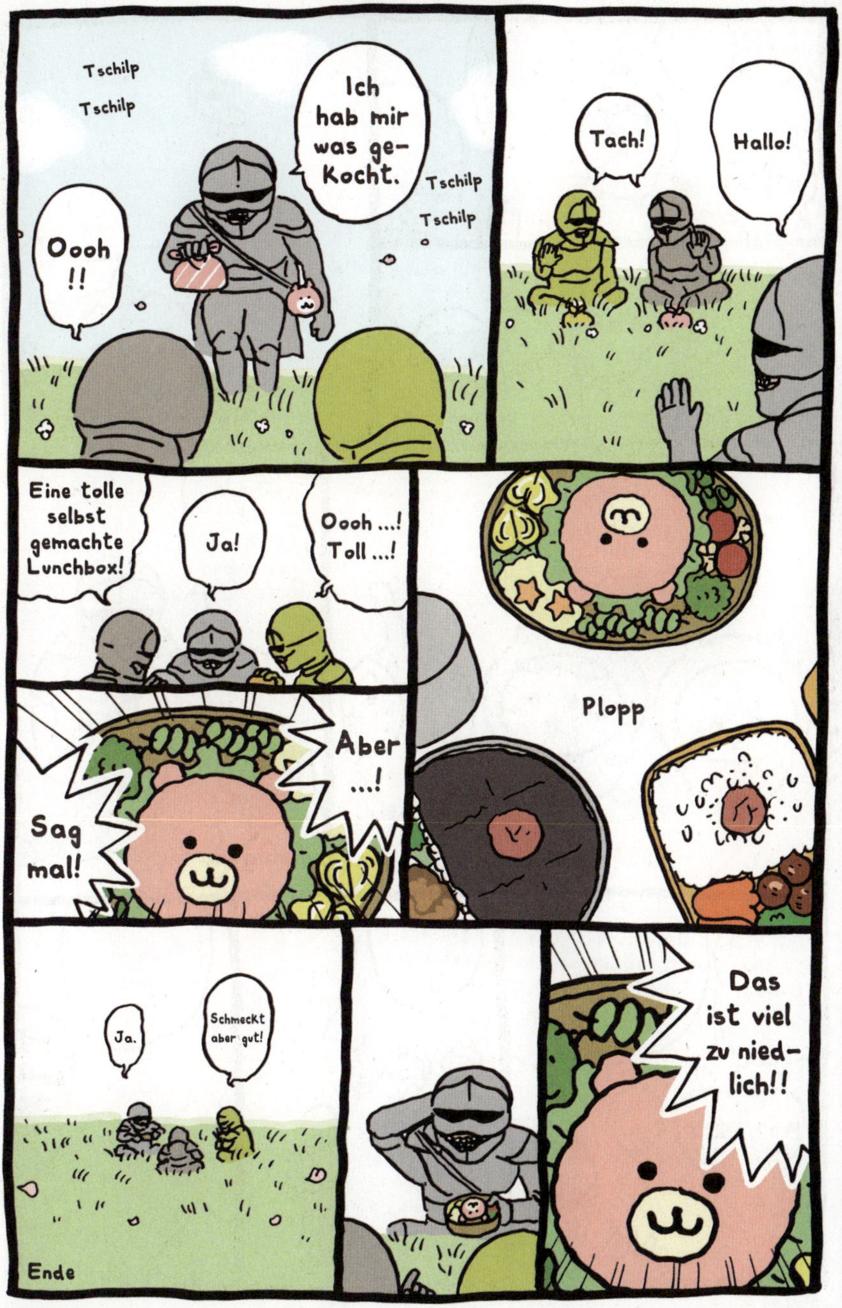
Tschilp
Tschilp
Ich hab mir was ge-kocht.
Tschilp
Tschilp
Oooh !!
Tach!
Hallo!
Eine tolle selbst gemachte Lunchbox!
Ja!
Oooh ...! Toll ...!
Plopp
Aber ...!
Sag mal!
Das ist viel zu nied-lich!!
Schmeckt aber gut!
Ja.
Ende

Das sind Pyjamas

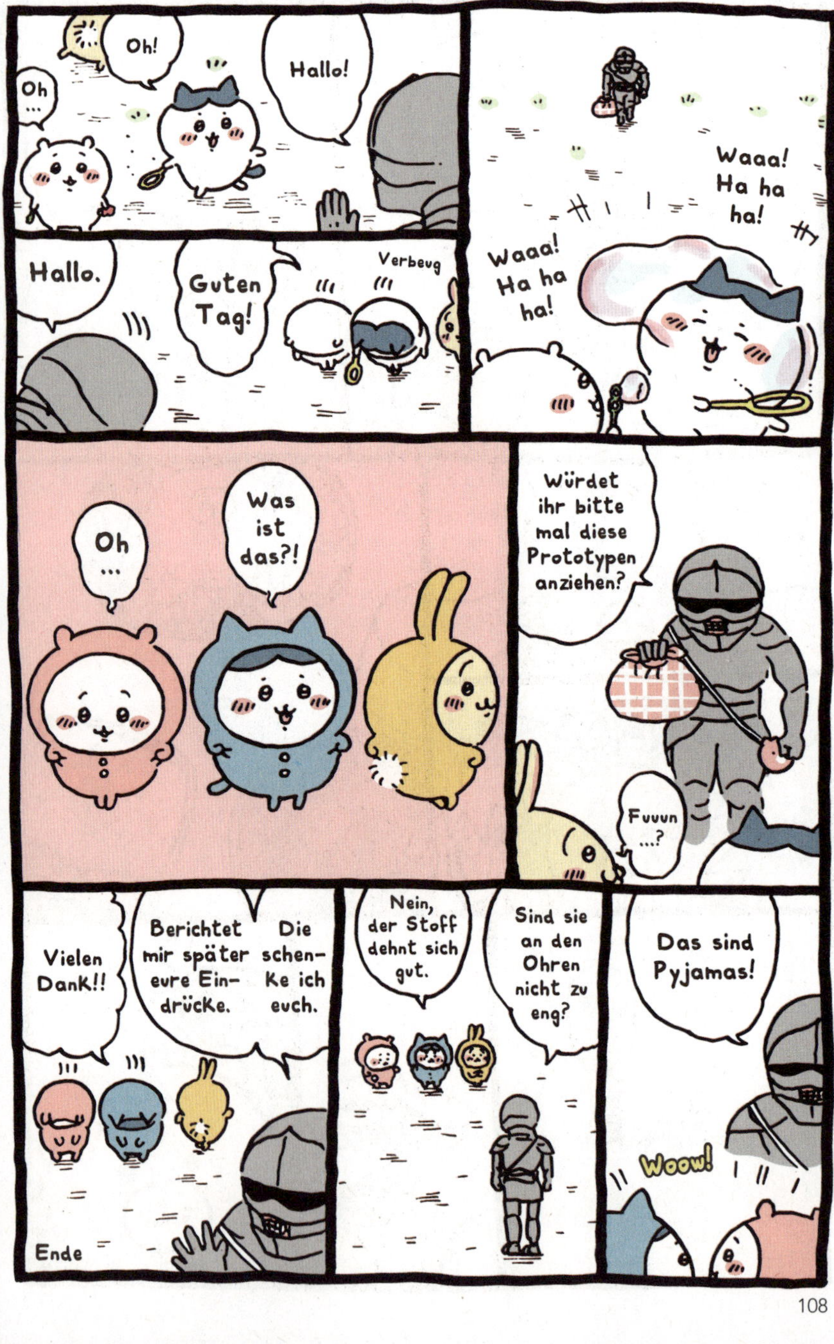

Waaa! Ha ha ha!
Waaa! Ha ha ha!
Hallo!
Oh!
Oh ...
Guten Tag!
Hallo.
Verbeug
Würdet ihr bitte mal diese Prototypen anziehen?
Fuuun ...?
Was ist das?!
Oh ...
Das sind Pyjamas!
Woow!
Sind sie an den Ohren nicht zu eng?
Nein, der Stoff dehnt sich gut.
Die schenke ich euch.
Berichtet mir später eure Eindrücke.
Vielen Dank!!
Ende

Wir bleiben lang auf

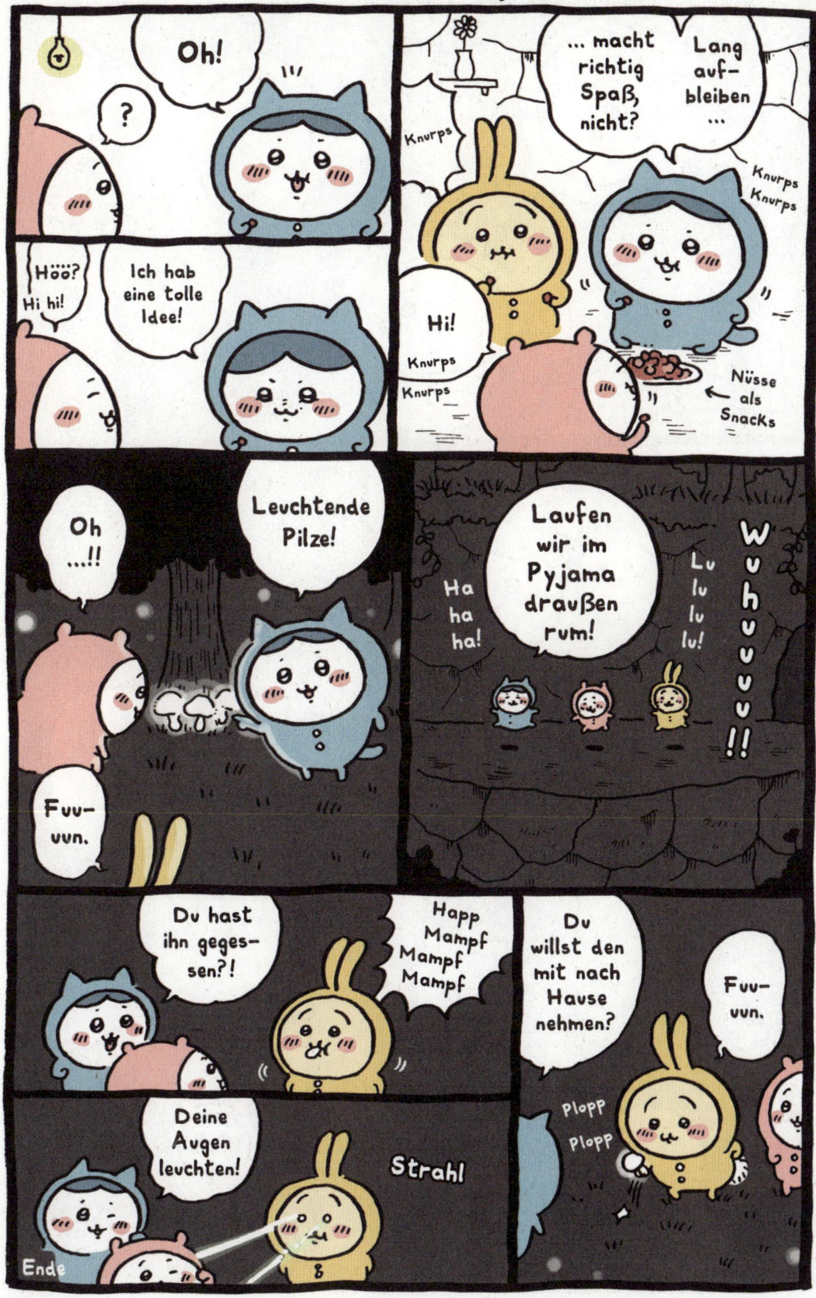

?
Oh!
Höö?
Hi hi!
Ich hab eine tolle Idee!
Knurps
Lang auf-bleiben …
… macht richtig Spaß, nicht?
Knurps Knurps
Hi!
Knurps Knurps
Nüsse als Snacks
Oh …!!
Leuchtende Pilze!
Fuu-uun.
Ha ha ha!
Laufen wir im Pyjama draußen rum!
Lu lu lu lu!
Wuhuuuuuuu!!
Du hast ihn geges-sen?!
Happ Mampf Mampf Mampf
Deine Augen leuchten!
Strahl
Ende
Du willst den mit nach Hause nehmen?
Fuu-uun.
Plopp
Plopp

Wünsche

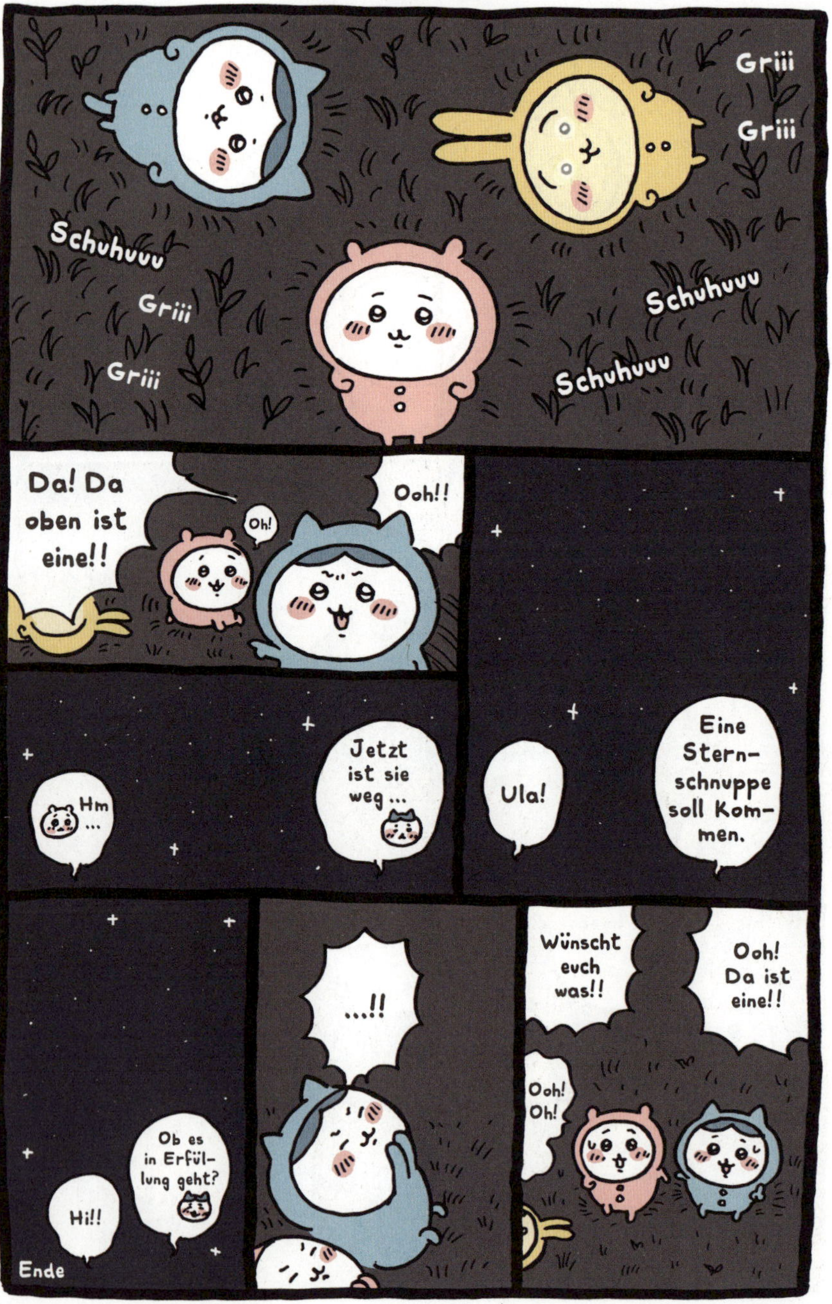

Griii
Griii
Schuhuuu
Griii
Griii
Schuhuuu
Schuhuuu
Da! Da oben ist eine!!
Oh!
Ooh!!
Eine Sternschnuppe soll kommen.
Ula!
Jetzt ist sie weg ...
Hm ...
Ooh! Da ist eine!!
Wünscht euch was!!
Ooh! Oh!
...!!
Ob es in Erfüllung geht?
Hi!!
Ende

Die Sternschnuppe

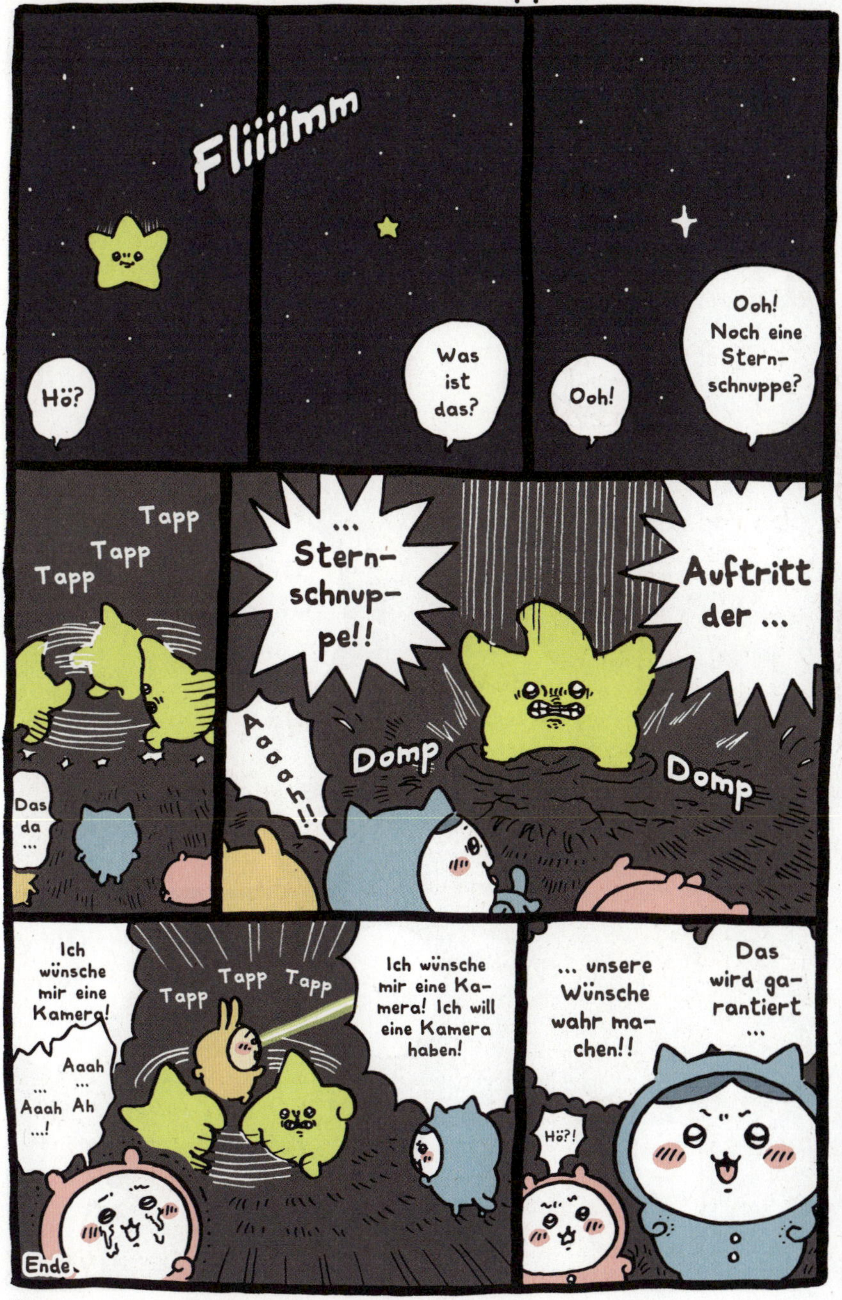

Fliiiimm
Hö?
Was ist das?
Ooh!
Ooh! Noch eine Stern-schnuppe?
Tapp
Tapp
Tapp
Das da …
Auftritt der …
… Stern-schnup-pe!!
Aaaah!!
Domp
Domp
Ich wünsche mir eine Kamera!
Aaah … Aaah … Ah …!
Tapp
Tapp
Tapp
Ich wünsche mir eine Ka-mera! Ich will eine Kamera haben!
Das wird ga-rantiert …
… unsere Wünsche wahr ma-chen!!
Hö?!
Ende

Wird mein Wunsch wahr?

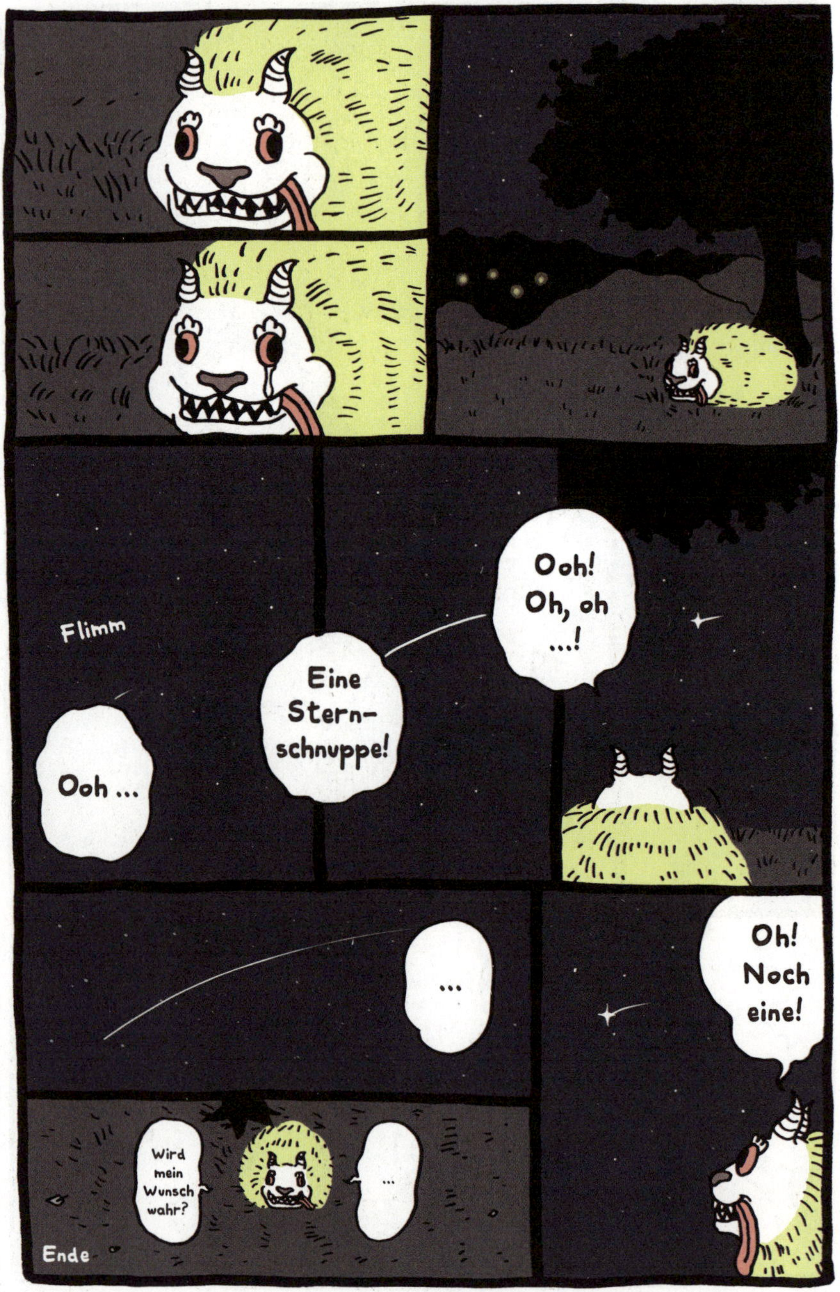
Flimm
Ooh ...
Eine Stern-schnuppe!
Ooh! Oh, oh ...!
...
Oh! Noch eine!
Wird mein Wunsch wahr?
...
Ende

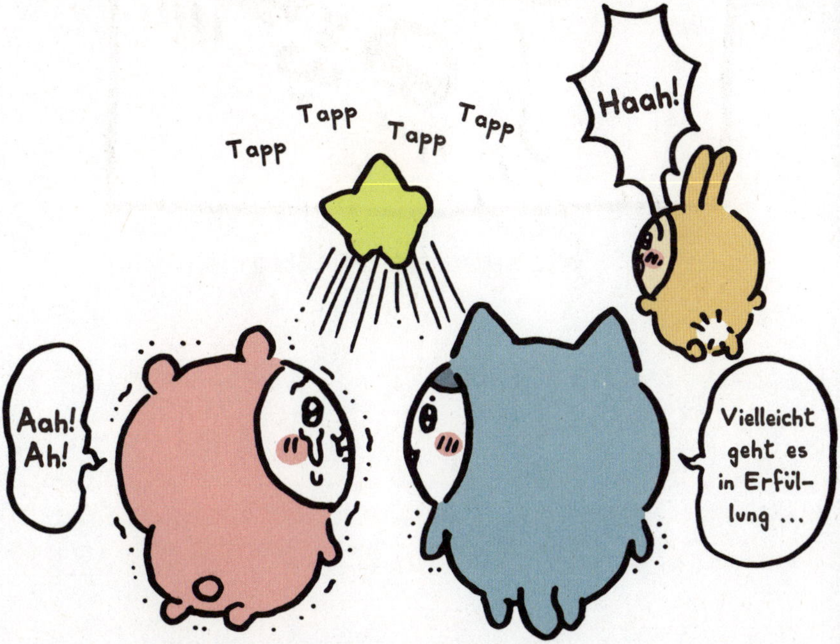
Haah!
Tapp
Tapp
Tapp
Tapp
Vielleicht geht es in Erfül-lung …
Aah! Ah!

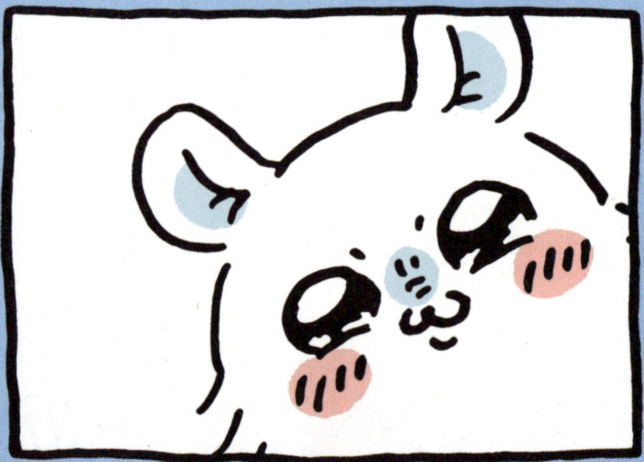

Momongas Alltag

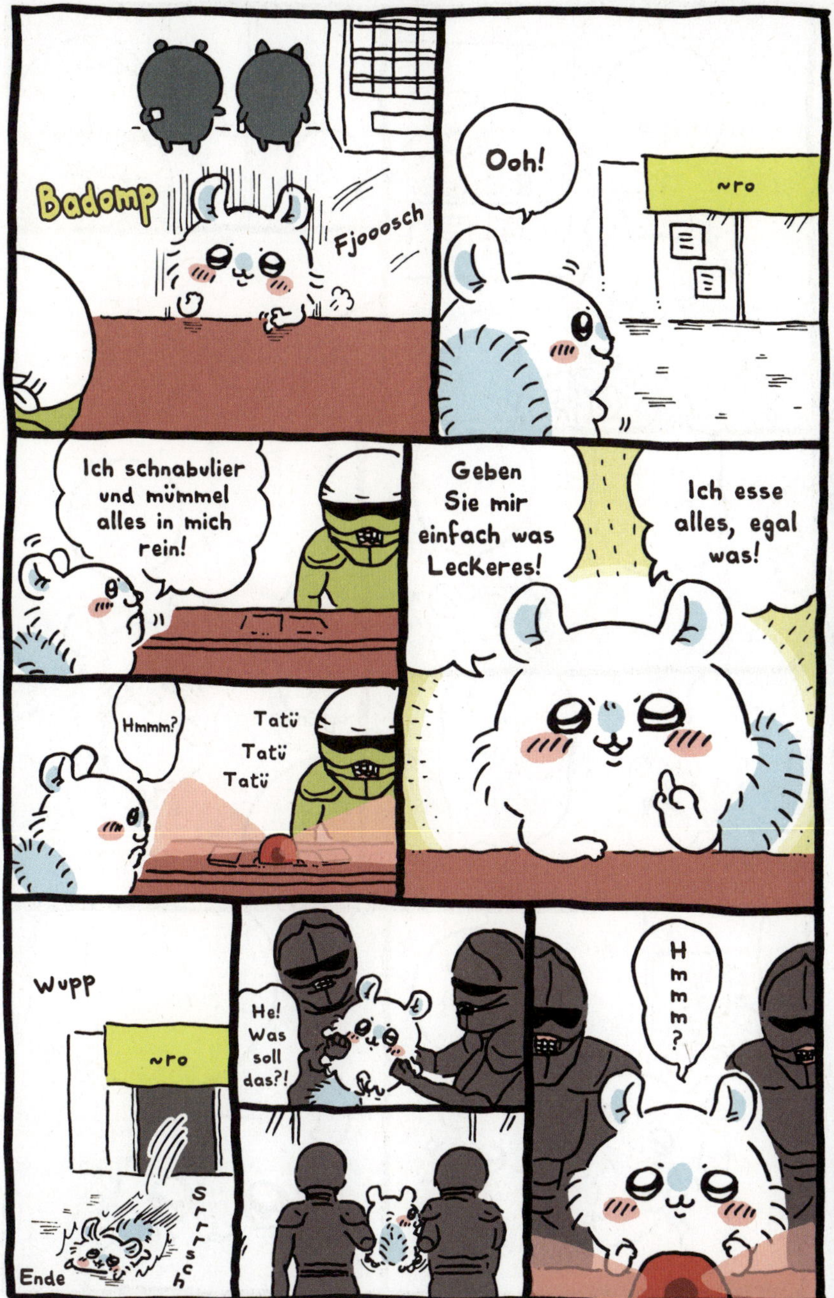
Badomp
Fjooosch
Ooh!
~ro
Ich schnabulier und mümmel alles in mich rein!
Geben Sie mir einfach was Leckeres!
Ich esse alles, egal was!
Hmmm?
Tatü
Tatü
Tatü
Wupp
~ro
He! Was soll das?!
Hmmm?
Srrrsch
Ende

Fein

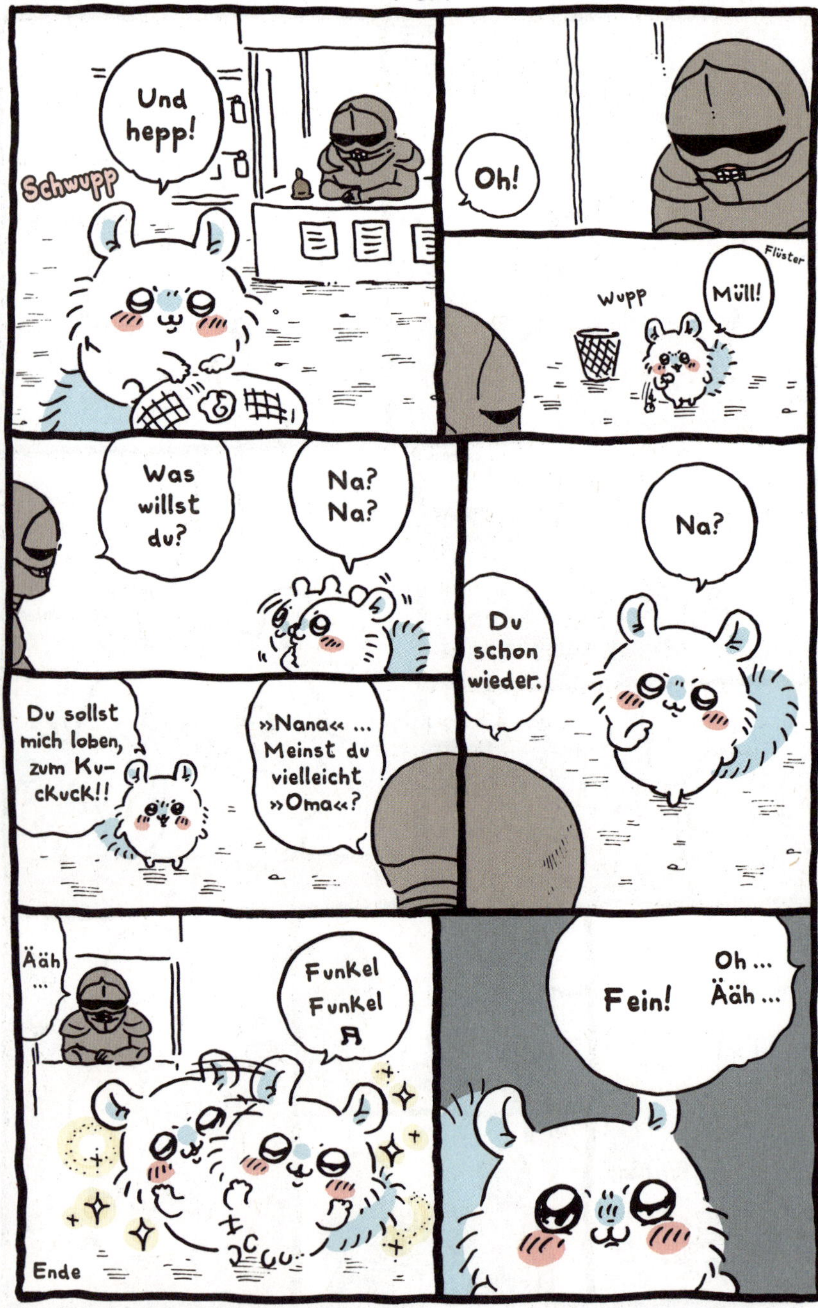
Und hepp!
Schwupp
Oh!
Flüster
Müll!
Wupp
Was willst du?
Na? Na?
Na?
Du schon wieder.
Du sollst mich loben, zum Ku-cKuck!!
»Nana« … Meinst du vielleicht »Oma«?
Ääh …
Funkel Funkel
Ende
Oh … Ääh …
Fein!

Fauch

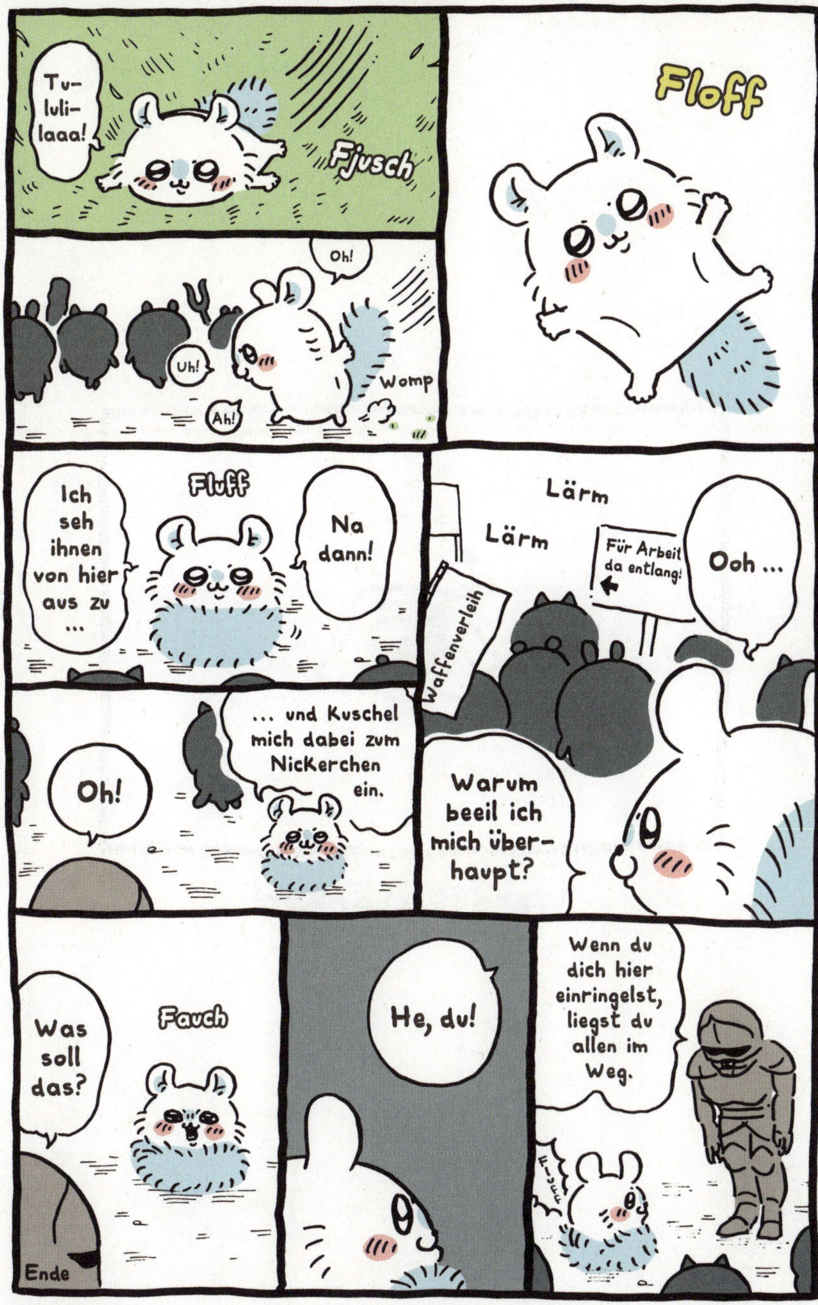
Tu-luli-laaa!
Fjusch
Floff
Oh!
Uh!
Ah!
Womp
Ich seh ihnen von hier aus zu ...
Fluff
Na dann!
Lärm
Lärm
Für Arbeit da entlang!
Waffenverleih
Ooh ...
Oh!
... und Kuschel mich dabei zum Nickerchen ein.
Warum beeil ich mich überhaupt?
Was soll das?
Fauch
He, du!
Wenn du dich hier einringelst, liegst du allen im Weg.
Fluff
Ende

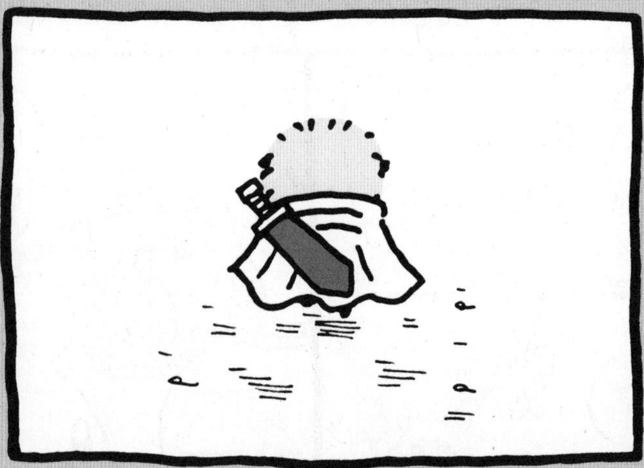

Werdet stärker!

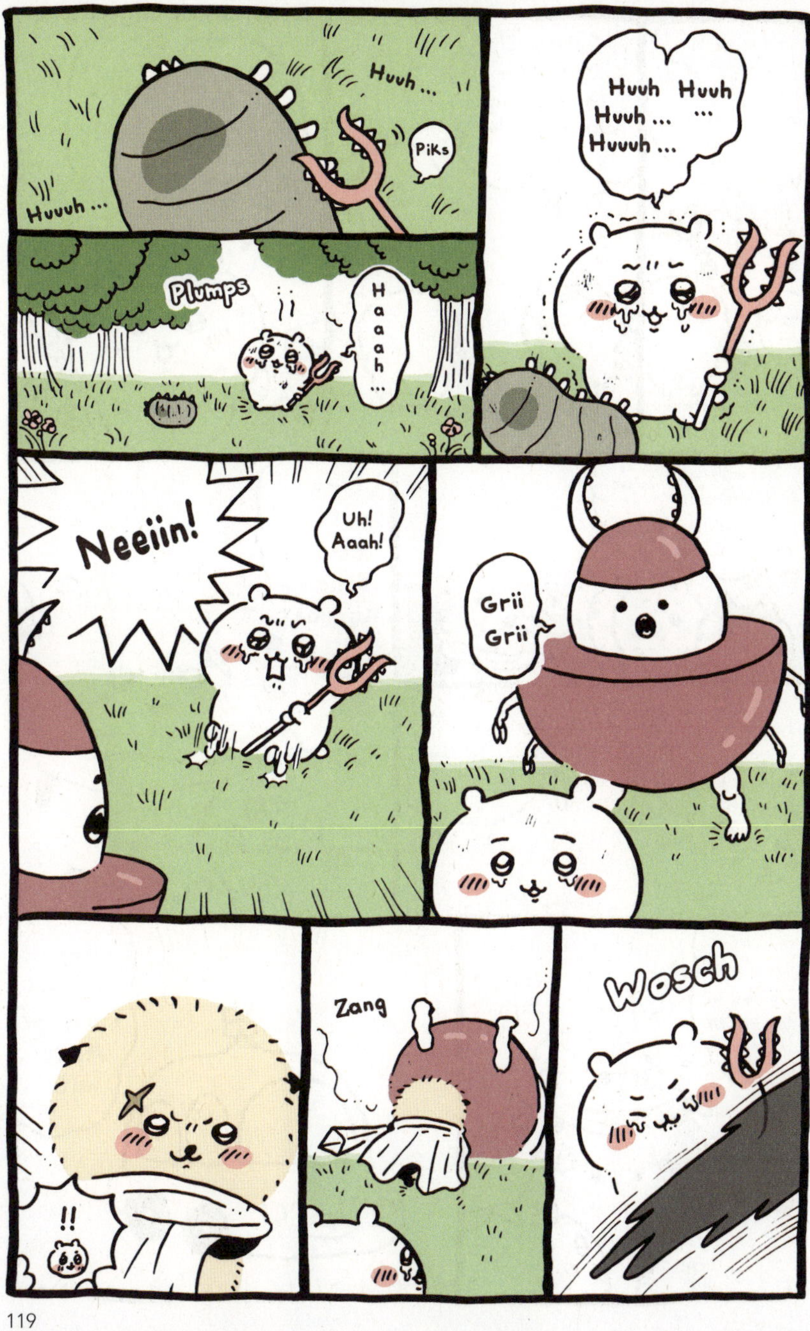
Huuh ...
Piks
Huuuh ...
Huuh Huuh Huuh ... ... Huuuh ...
Plumps
Haaaah ...
Neeiin!
Uh! Aaah!
Grii Grii
Zang
!!
Wosch

Rakko

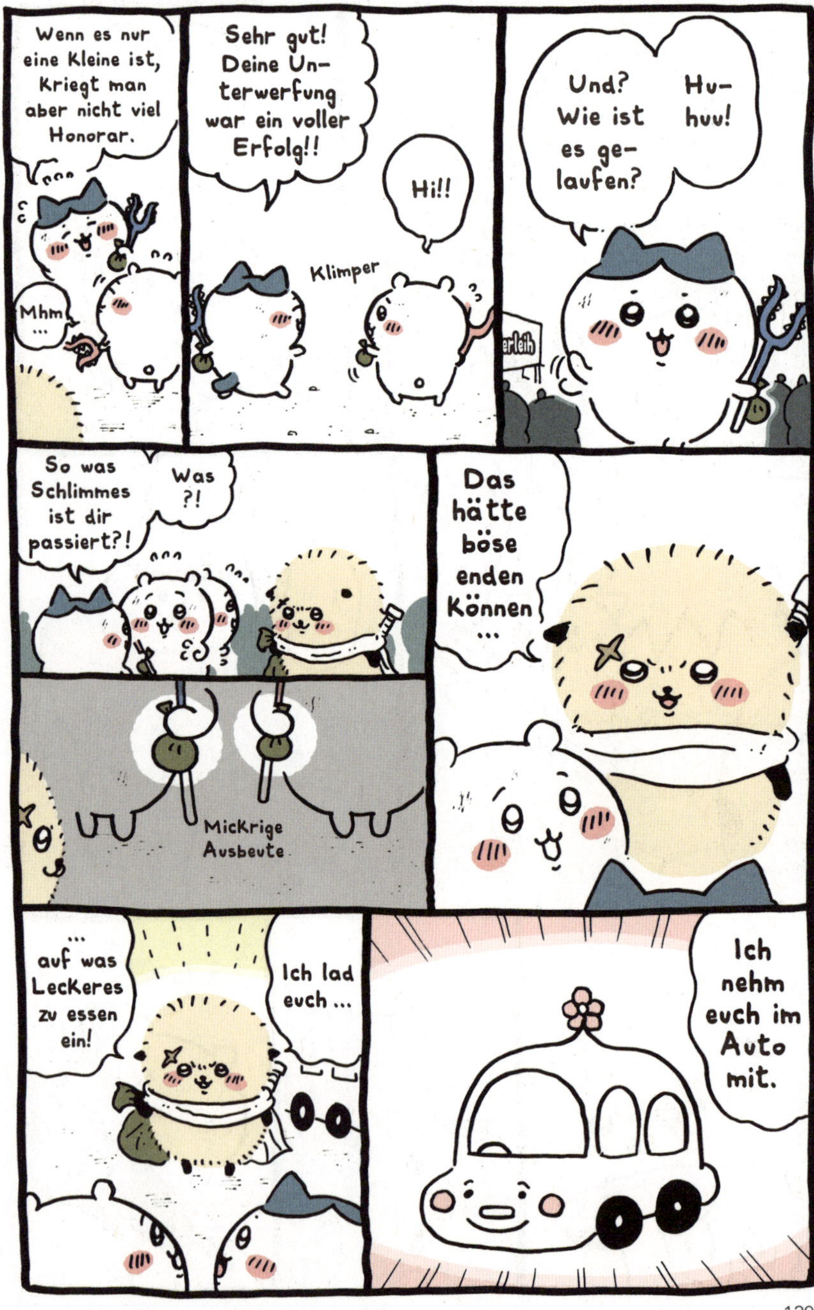
Wenn es nur eine Kleine ist, kriegt man aber nicht viel Honorar.
Mhm ...
Sehr gut! Deine Unterwerfung war ein voller Erfolg!!
Hi!!
Klimper
Und? Wie ist es gelaufen?
Huhuu!
So was Schlimmes ist dir passiert?!
Was ?!
Mickrige Ausbeute
Das hätte böse enden können ...
Ich lad euch ...
... auf was Leckeres zu essen ein!
Ich nehm euch im Auto mit.

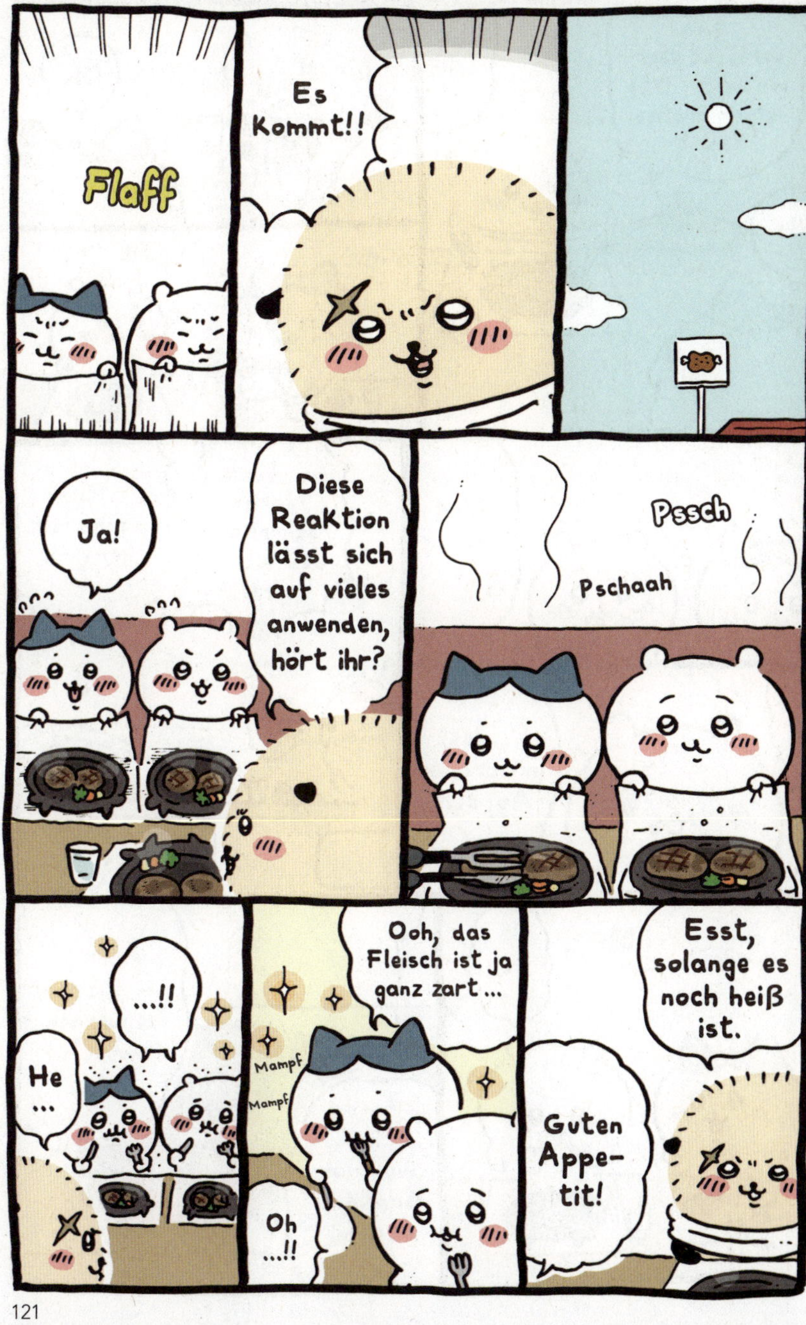
Flaff
Es Kommt!!
Ja!
Diese ReaKtion lässt sich auf vieles anwenden, hört ihr?
Pssch
Pschaah
...!!
He ...
Ooh, das Fleisch ist ja ganz zart ...
Mampf
Mampf
Oh ...!!
Esst, solange es noch heiß ist.
Guten Appe-tit!

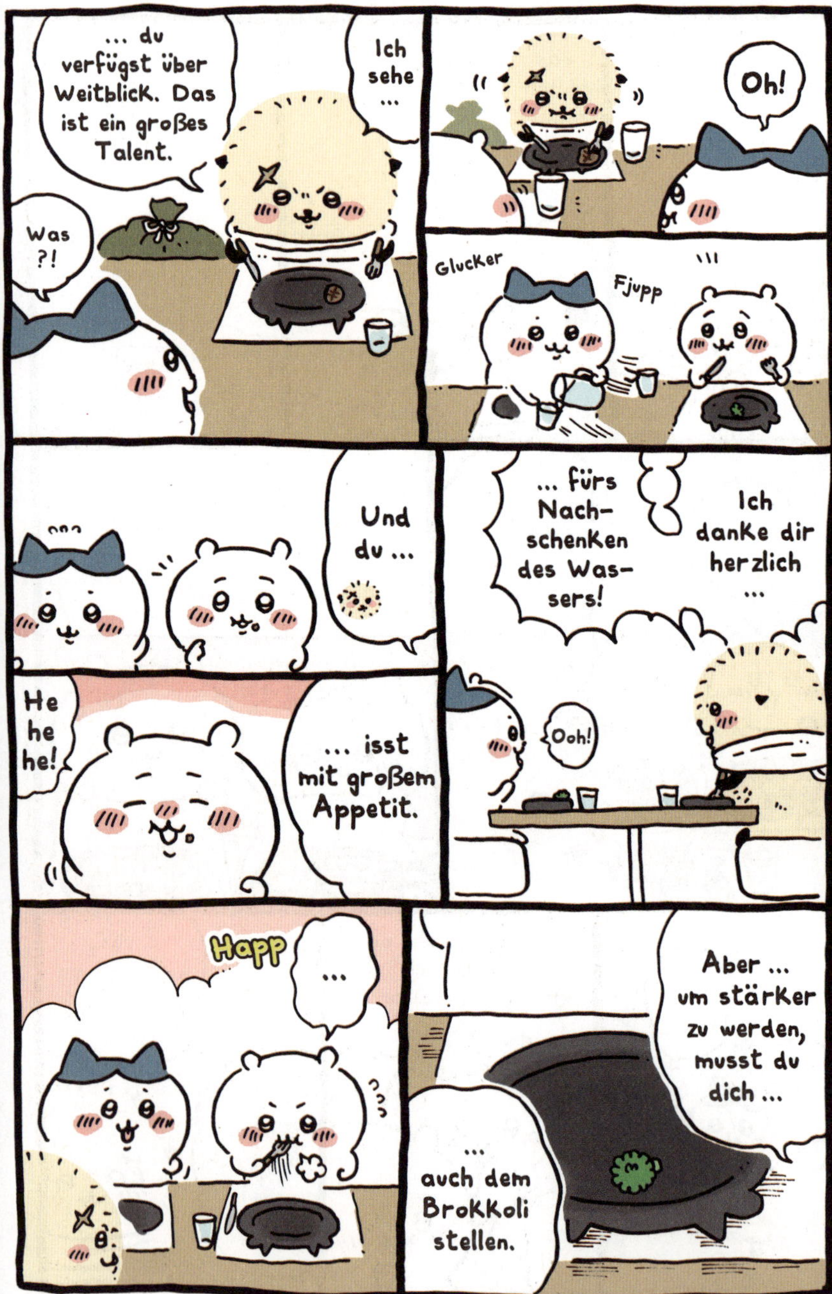
Ich sehe …
… du verfügst über Weitblick. Das ist ein großes Talent.
Was ?!
Oh!
Glucker
Fjupp
Und du …
Ich danke dir herzlich …
… fürs Nachschenken des Wassers!
He he he!
… isst mit großem Appetit.
Ooh!
Happp
…
Aber … um stärker zu werden, musst du dich …
… auch dem Brokkoli stellen.

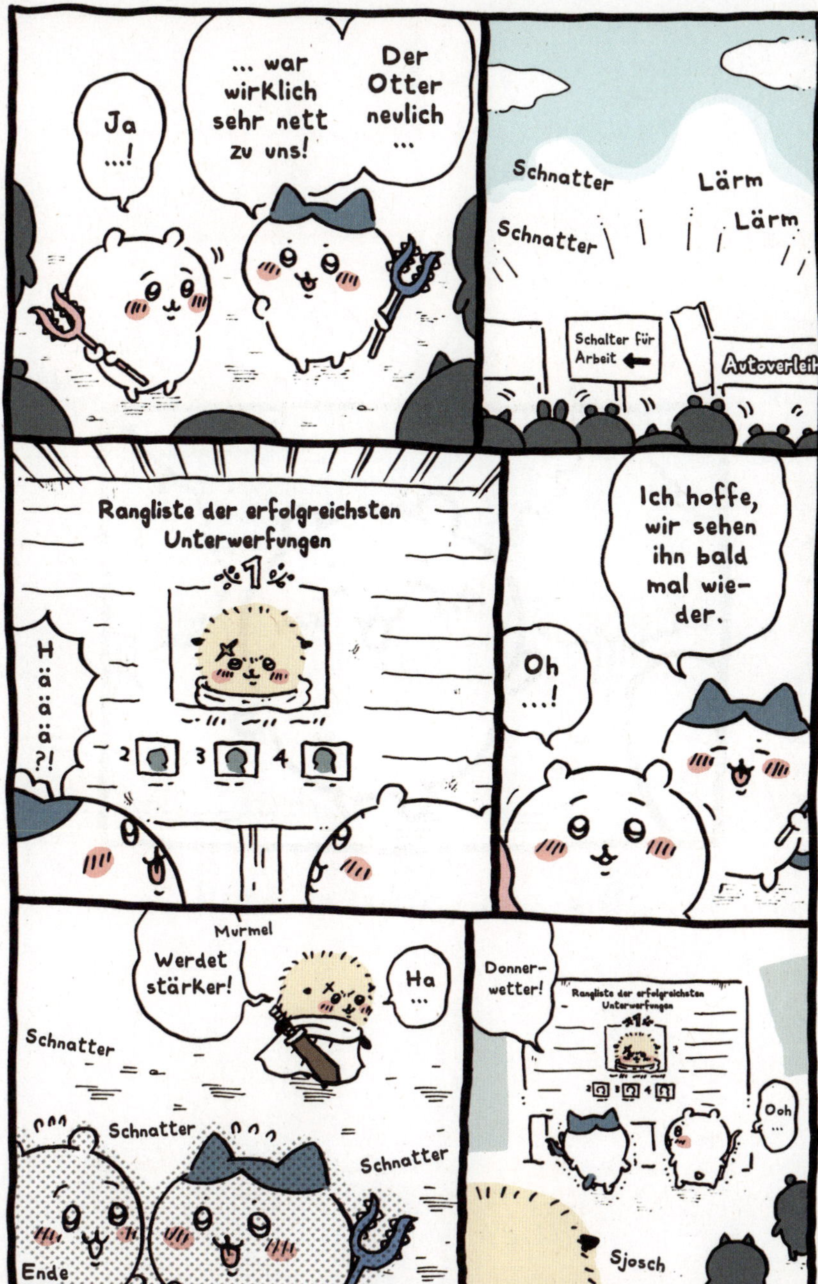
Der Otter neulich ...
... war wirklich sehr nett zu uns!
Ja ...!
Schnatter
Lärm
Schnatter
Lärm
Schalter für Arbeit
Autoverleih
Rangliste der erfolgreichsten Unterwerfungen
1
2
3
4
Häää?!
Ich hoffe, wir sehen ihn bald mal wieder.
Oh ...!
Murmel
Werdet stärker!
Ha ...
Schnatter
Schnatter
Schnatter
Ende
Donnerwetter!
Rangliste der erfolgreichsten Unterwerfungen
Ooh ...
Sjosch

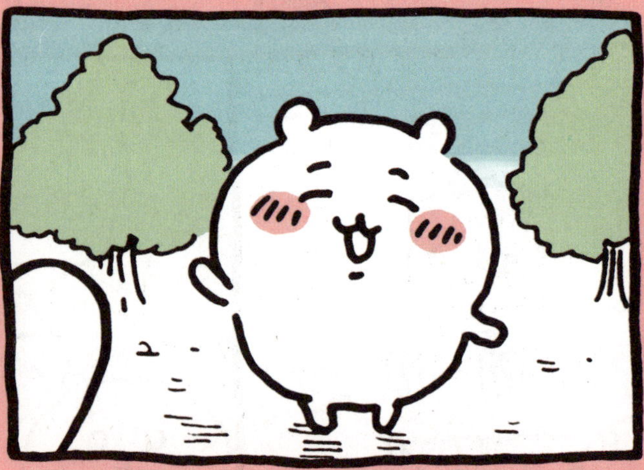

Bis zum nächsten Mal!

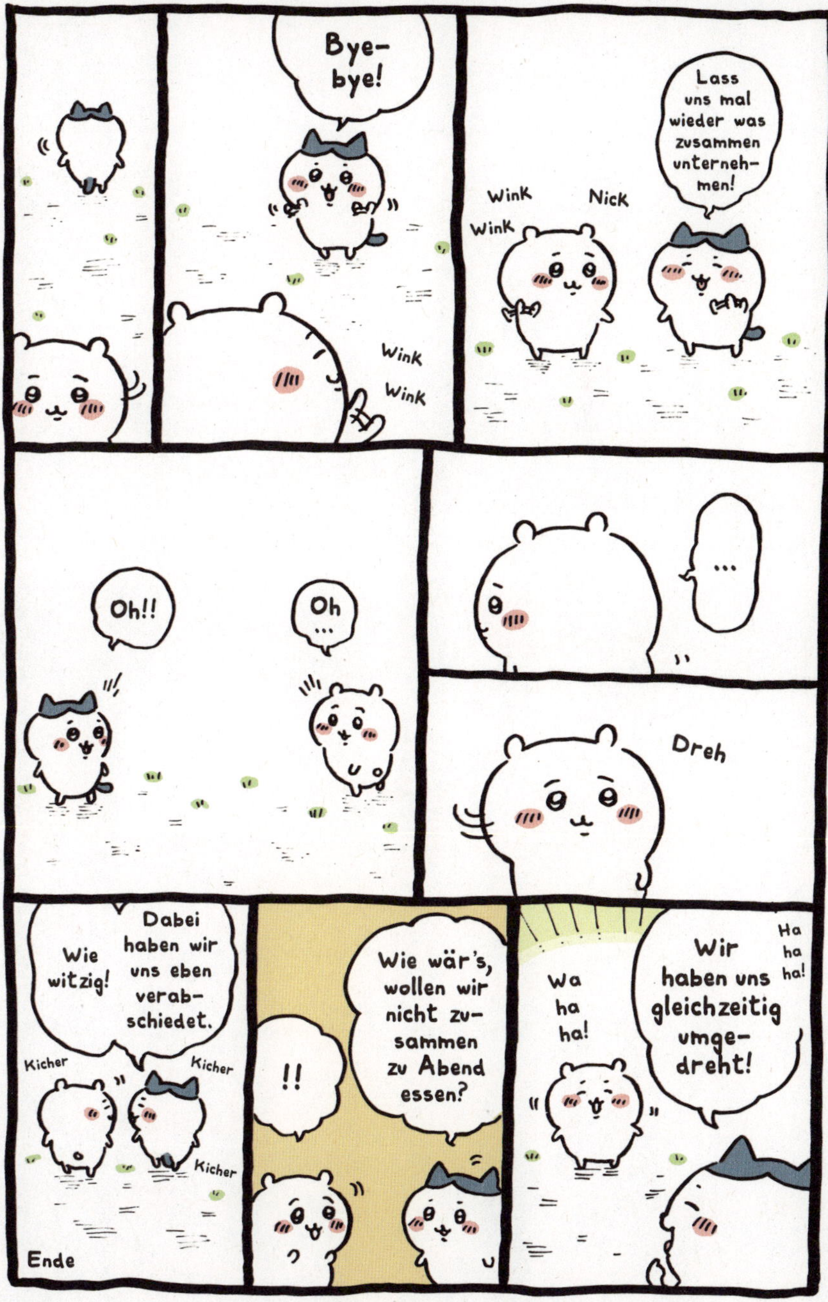
Bye-bye!
Wink
Wink
Wink
Wink
Nick
Lass uns mal wieder was zusammen unternehmen!
Oh!!
Oh …
…
Dreh
Wir haben uns gleichzeitig umgedreht!
Ha ha ha!
Wa ha ha!
Wie wär's, wollen wir nicht zusammen zu Abend essen?
!!
Dabei haben wir uns eben verabschiedet.
Wie witzig!
Kicher
Kicher
Kicher
Ende

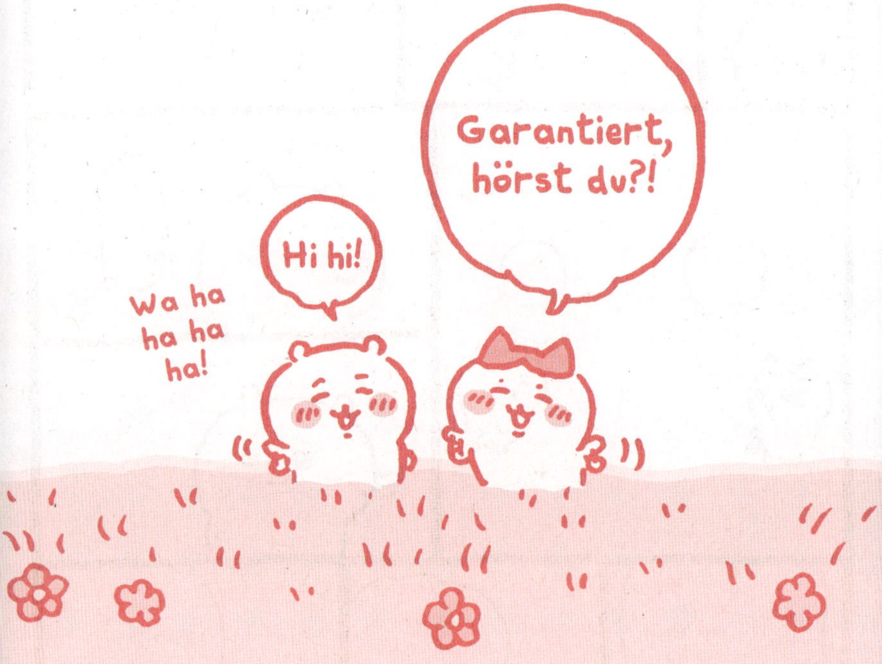
Wa ha
ha ha
ha!
Hi hi!
Garantiert,
hörst du?!

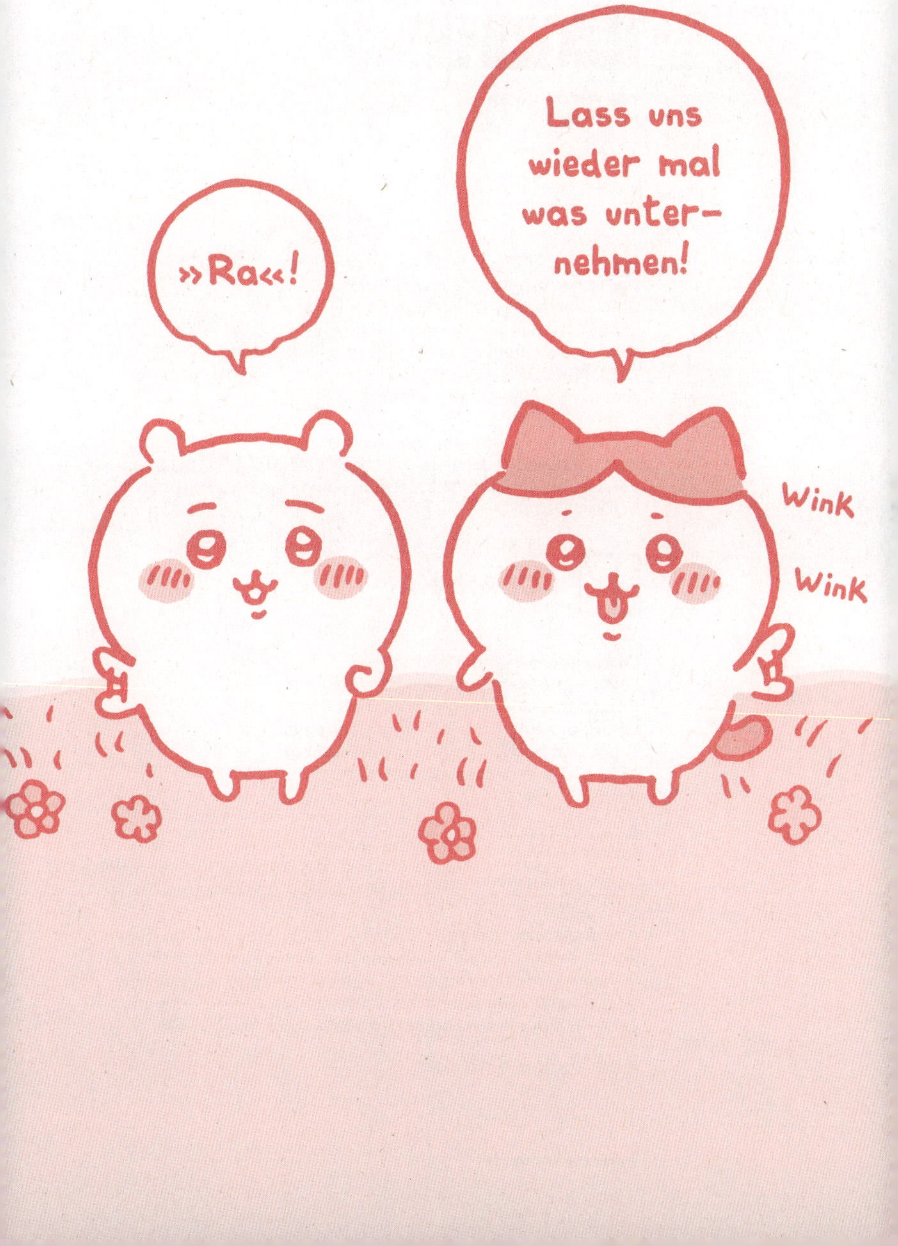
»Ra«!
Lass uns wieder mal was unter-nehmen!
Wink
Wink

TOKYOPOP GmbH
Hamburg

TOKYOPOP
3. Auflage, 2026
Deutsche Ausgabe/German Edition
Chiikawa: Nanka Chiisakute Kawaii Yatsu
is published in the German language by TOKYOPOP
under an exclusive license granted by KODANSHA LTD.
2024 TOKYOPOP GmbH, Curienstraße 2, 20095 Hamburg
Aus dem Japanischen von Verena Maser

KODANSHA

Redaktion: Benjamin Spinrath
Lettering: Vibrant Publishing Studio
Herstellung: Annika Meyer-Wülfing
GPSR: produktsicherheit@tokyopop.de
Druck und buchbinderische Verarbeitung:
CPI – Clausen & Bosse GmbH, Leck
Printed in Germany

MIX Papier FSC® C083411
FSC

Wir achten auf die Umwelt.
Dieses Produkt besteht aus FSC®-zertifizierten und anderen kontrollierten Materialien.

ISBN 978-3-8420-9696-7

www.tokyopop.de